Yves PALIERNE

LES HYÈNES DU RUAHA

Les Presses du Midi

Du même auteur aux éditions Les Presses du Midi :

« Afin qu'un jour ils sachent »

« Fatale omission »

Toute ressemblance avec des personnes existantes ou ayant existé serait totalement fortuite et ne relèverait que du hasard.

Impression PDM

121 avenue d'Orient - 83100 Toulon
Tel. : 04 94 16 90 20 - Fax : 04 94 16 90 29
Dépôt légal novembre 2003
ISBN : 2-87867-518-5

Merci à Virginie et Brian qui ont eu la générosité de m'accueillir en Tanzanie et grâce à qui j'ai pu écrire ce livre.

1

- Vous n'avez pas encore pris votre médicament ce matin Madame Renard, vous n'êtes vraiment pas raisonnable. Il faut absolument le faire régulièrement sinon vous ne guérirez jamais. Allez-y maintenant.

- Oh ! à quoi bon, que je le prenne ou pas, quelle importance ? Cela ne me fera rien oublier, et puis, vous croyez que passer le restant de ma vie assise dans un fauteuil roulant, m'intéresse ? Non docteur, autant mourir.

- N'exagérez pas voyons, vous retrouverez l'usage de vos jambes, il faut du temps, c'est tout, et surtout suivre les conseils de vos médecins.

Chantal Renard était en rééducation depuis plus de trois mois au centre de la Potinière, non loin de Nantes. Après son terrible accident de voiture elle avait flotté entre la vie et la mort dans un coma profond pendant une dizaine de jours puis, un matin, le docteur Mallard constata une légère amélioration. Chantal avait remué les lèvres et entrouvert un œil. Au fil des jours qui passèrent, la vie reprit le dessus, tout doucement, et elle finit par émerger, enfin, de ce trou noir. Où était-elle ? Que faisait-elle allongée sur ce lit d'hôpital, dans cette pièce aux murs blancs si impersonnellement nus ? Sa sœur Irène lui expliqua tout, depuis le moment où les pompiers l'avaient désincarcérée de sa Ford Fiesta et emmenée de toute urgence au CHU de Nantes.

La mémoire lui revenait progressivement à la grande satisfaction de ses médecins et de sa famille. Mais une chose la taraudait, Jean-Claude ne serait plus là désormais, il n'était pas rentré de ce safari, pourquoi ? Était-ce réellement un accident ou un suicide ?

- Chantal, c'est moi, je suis arrivé tout à l'heure de Valbonne. Écoute, je ne sais quoi te dire, je suis tellement attristé, tellement navré, pour toi, pour lui, pour nous tous ! C'est horrible. Je pense qu'il n'a pas souffert, tout a été si vite, je suppose. L'attaque a dû être très violente, rapide, si soudaine… il n'a rien dû voir. Chantal je suis vraiment désespéré, crois-moi, j'ai perdu mon meilleur ami… je n'ai pu lui porter aide ou secours, c'est affreux, pardon, je te demande pardon, je n'aurais jamais dû accepter d'aller là-bas… je suis navré Chantal, cette erreur est irréparable… J'ai vainement essayé de l'empêcher de continuer à boire, il avait bu, beaucoup trop bu, mais il ne m'a pas écouté, il m'a dit : "Tu sais, que je crève de cela ou d'autre chose… c'est pareil !" Nous avons longtemps parlé, après le dîner… il savait tout Chantal, et c'est pour cela qu'il a continué à boire en dépit de mes exhortations, il n'en avait cure ! J'ai cru comprendre qu'il pourrait te pardonner.

Ils en avaient beaucoup parlé. Tous deux rêvaient d'aller faire un safari en Afrique, au Kenya ou en Tanzanie. Ils en discutaient souvent avec leurs copains, en boîte, aller dans la savane africaine avec un guide… ils se voyaient arpentant la brousse à la recherche d'émotions fortes, faisant face à un troupeau d'éléphants ou de buffles, s'approchant avec précaution d'une troupe de lions ou de lycaons, ou, au lever du jour essayant d'apercevoir, perché sur la branche d'un arbre, un guépard avec sa proie fraîchement tuée.

Finalement un soir, Chantal crut bon de mettre Jean-Claude dans l'embarras et de lui lancer un défi devant tous leurs amis

C'était au "Speak Easy" une boîte de la Baule. Comme presque tous les samedis soir, Jean-Claude et Chantal faisaient la tournée des boîtes et terminaient le plus souvent par celle-ci. Il était deux heures trente du matin et comme à son habitude Jean-Claude avait beaucoup bu. La conversation vint sur les vacances d'été, on était en mai et le groupe d'amis échangeait ses prévisions. Nathalie et Hugues projetaient de se rendre en Thaïlande, Frédéric et Nicole, pour leur part, avait opté pour l'Égypte.

- Et vous ? demanda cette dernière en s'adressant à Chantal.

- Nous, on va au diable, ironisa Jean-Claude.

- Très drôle, lui fit Chantal. Si tu veux aller au diable, vas-y, en tout cas, moi je préfère rester seule ici. Au fait, tu nous as encore dit samedi dernier que tu avais décidé d'aller en Tanzanie avec Marc, alors qu'attends-tu pour nous prouver que l'alcool ne te fait pas divaguer ? Tiens, je prends tout le monde à témoin que tu vas encore te dégonfler ! Demain matin, tu trouveras sans doute la bonne excuse pour me dire :"Ah ! ben pas cette année tu comprends nous avons tellement de choses à réaliser... nous aurons sûrement d'autres projets..." et patati et patata, mon pauvre chéri tu n'iras jamais faire un safari ailleurs que dans tes rêves d'ivrogne. Je te mets au défi d'y aller cette année... ce sera la priorité de l'année, d'accord ?

- J'irai si je veux et quand je veux ! Colle-toi tes défis là où je pense mon chou.

- Tu vois, tu te dégonfles une fois de plus !

- Marc, dès demain, renseigne-toi, s'il te plaît, adresse-toi à une agence de voyage pour savoir comment se rendre en Tanzanie. Nous allons faire voir à Madame que nous ne nous dégonflons pas le moins du monde et qu'elle ouvre sa charmante grande gueule pour rien du tout, d'accord ?

- Je veux bien me renseigner Jean-Claude, au contraire, depuis le temps que l'on en parle, mais tu sais, on ne pourra pas y aller avant octobre prochain, il faut tenir compte de la saison favorable à ce genre d'expédition, mais si tu y tiens, je m'en occupe dès que possible.

- Des commentaires Chantal? Tu vois, il suffit d'en parler, et toc, c'est parti...

- Bravo Marc, vas-y renseigne-toi et emmène-le avec toi, de force s'il le faut!

- Il n'aura pas besoin d'user de la force, c'est décidé, je jure devant tout le monde ici présent à cette table que Marc et votre serviteur feront un safari en Tanzanie au mois d'octobre! Et, d'ores et déjà nous allons célébrer cet événement. Michel, remets-nous une tournée, dit Jean-Claude en s'adressant au barman du Speak-Easy.

- Non, Jean-Claude on a assez picolé comme ça, ce soir, intervint Frédéric.

- Une tournée ou je ne fais pas ce safari, j'ai dit!

- Chantage, ironisa Chantal.

- Non, du tout, je tiens à faire quelques provisions d'alcool avant de partir, on ne sait jamais, si les fauves nous dévorent, autant avoir bon goût, non?

- Toute excuse est bonne pour te saouler, lui lança Chantal. Enfin, tu as raison, on ne sait jamais ce qui peut arriver là-bas!

- Quoi, maintenant tu essayes de me faire peur? De me dissuader d'aller là-bas? Tu me lances un défi et deux secondes après tu fais tout pour que je revienne sur ma décision? Vous voyez comment elle est, hein ? Petite garce, eh ! bien, ma chérie tu as perdu ! J'irai braver la faune quoi qu'il m'en coûte, c'est décidé, une fois pour toutes ! dussions-nous en mourir !

- Tout de suite les grandes menaces, les grands mots, il n'est pas parti que c'est déjà le drame. Tu en connais beaucoup de gens qui se font dévorer par les fauves au cours d'un safari, toi ? Moi non, ou alors ils sont dingues, ils vont les provoquer ou s'en approchent trop près…

- Attends, fit Hugues, cela arrive quand même. Je l'ai récemment lu dans un journal, un ancien athlète français s'est fait piétiné à mort par un éléphant…

- Ah, tu vois, Madame Je-sais-tout… tu vois que ce genre d'accident risque d'arriver. Mais lui, c'était un sportif, il ne buvait pas, moi, je suis tranquille, je n'aurai qu'à lui souffler mon haleine dans les naseaux ou la trompe pour le faire fuir… l'alcool tue, n'est-ce pas chérie ?

- Très drôle… et il s'en vante en plus, ah ! mon pauvre Jean-Claude !

- Quoi ? c'est la vérité, jamais je ne suis piqué par le moindre moustique, n'est-ce pas la meilleure preuve ?

- Bon allez, il se fait tard, les enfants, nous rentrons maintenant, dit Frédéric.

- Déjà ? Mais t'as pas école demain !

- Non, tu as raison mais nous devons aller déjeuner chez les parents de Nicole, alors autant être en forme.

- Oui, nous aussi nous levons le camp, firent Nathalie et Hugues.

- Quelle bande de lâcheurs, il n'est que trois heures du matin…

- Bon, que fais-tu ? Tu restes ou je rentre avec Marc ?

- Ce que tu peux être chiante ma pauvre femme, toujours les menaces… le chantage, Marc n'en a rien à foutre de toi. Lui au moins c'est un type intelligent, il ne s'est jamais embarrassé d'une emmerdeuse !

Finalement, Jean-Claude se leva et suivit ses amis dehors et, après les avoir salués sur le trottoir devant le Speak-Easy, s'installa aux côtés de Chantal qui s'était déjà mise au volant de sa Ford Fiesta.

C'était vrai, ils en avaient parlé ensemble de ces safaris. Pour eux, ces vacances avaient une certaine connotation d'expédition coloniale, ils s'imaginaient dans la peau de ces pionniers de la conquête africaine, chacun y allait de ses commentaires, de ses suggestions, de ses craintes, mais aussi de ses fantasmes, tels des enfants. Ils auraient bien voulu y aller, tous ensemble, mais bizarrement il y en avait toujours un pour ne pas faire partie de l'expédition, ou pour repousser l'échéance du voyage sous des prétextes différents. En fait, chacun attendait que l'autre se décide à franchir le pas.

Ce n'était pas une question d'argent. Frédéric et Nicole étaient tous deux enseignants et avaient les moyens financiers de s'offrir un tel voyage, Nathalie et Hugues étaient en mesure de faire face aux dépenses, mais ayant des métiers qui les tenaient éloignés de leur foyer durant la semaine, ils voulaient à tout prix passer les vacances avec leurs deux enfants, dont s'occupaient leurs parents à longueur de semaine.

Marc, pour sa part était toujours disponible. Célibataire, aucun problème de couple ou d'enfant, il pouvait à tout moment de l'année faire partie de l'expédition. Si Jean-Claude était d'accord pour effectuer ce safari, Chantal avait purement et simplement rejeté toute idée d'y participer, elle n'aimait pas l'avion et encore moins l'Afrique, et préférait les plages bauloises à la savane africaine.

Jean-Claude et Chantal habitaient une belle villa à Porcé, à la sortie ouest de Saint-Nazaire, il était ingénieur et voyageait beaucoup pour le compte des Chantiers de l'Atlantique de Penhoët. Ses déplacements étaient nombreux et parfois de longue durée. Il avait été en mission en Pologne et en Corée du Sud, et participait souvent à des essais en mer lorsque les chantiers sortaient un nouveau navire.

Chantal ne travaillait pas, elle se contentait de rester à la maison, oisive. Quand Jean-Claude s'absentait, elle prenait sa voiture et allait rendre visite à sa mère à La Baule, et toutes deux passaient de nombreuses heures ensemble à papoter ou à faire les magasins. Elle était très dépensière et insouciante. Lorsque l'absence de Jean-Claude se prolongeait, elle appelait Marc.

Ils s'étaient connus en boîte, à La Baule. Jean-Claude et lui étaient allés au lycée ensemble. Moins brillant élève que son copain, il avait piétiné quelque peu à la Fac et avait décidé de se lancer dans l'informatique. D'un esprit vif et d'un tempérament calme il n'avait pas tardé à se faire une bonne situation, et était très apprécié de ses collègues de travail. Il acceptait les missions et les déplacements et était souvent absent pendant des semaines. Il habitait Nantes mais aimait bien descendre à La Baule pendant les week-ends dans la station balnéaire de Loire-Atlantique, où ses parents avaient pris leur retraite. Il avait beaucoup de sympathie pour Chantal qu'il considérait, au début, un peu comme une petite sœur.

Lorsqu'elle l'appelait au téléphone, il passait de très longues minutes à l'écouter patiemment, elle avait besoin d'un confident. Il apparut très vite à Marc que son ami Jean-Claude délaissait quelque peu Chantal. Oh ! certes elle devait sûrement fabuler, grossir les choses, en fait elle essayait de se faire passer pour la martyre et se faire plaindre. Marc s'en attristait, tentait de lui remonter le moral, essayant de trouver des excuses à son meilleur ami, promettant à Chantal d'en parler avec son mari. Curieusement il ne s'aperçut jamais, à cette époque, que Chantal était amoureuse de lui et faisait tout pour l'en convaincre.

Ce n'était pourtant pas un garçon naïf à ce point, mais son amitié réelle pour Chantal occultait toute autre pensée. Souvent, il prenait sa voiture et allait la rejoindre au rendez-vous qu'elle lui avait fixé, ils dînaient ensemble, parlaient d'une foule de choses. Il se sentait bien en sa compagnie et, lorsqu'il la quittait, il avait le sentiment d'avoir accompli le devoir du grand frère, que ses parents n'avaient pu donner à Chantal. Il comprenait les angoisses de sa meilleure amie, ses critiques à l'égard de son mari qui, à ses dires, ne remplissait pas son devoir conjugal. Certes Jean-Claude était un type gentil, intelligent, marrant, mais sur le plan familial il était absent et son grand défaut était son penchant pour la boisson. Au début, cette attitude décontractée de fêtard bon vivant avait amusé Chantal, il était drôle, spirituel, savait se faire des amis avec qui il était sincère. Au demeurant ces derniers le lui rendaient bien. Mais, une fois rentré au bercail, il n'était plus le même. Jean-Claude perdait sa verve, il s'assombrissait, devenait ennuyeux et délaissait Chantal pour la boisson.

Était-il stérile ou ne voulait-il simplement pas avoir d'enfant ? Chantal ne le sut vraiment jamais. De son côté elle ne tenait guère à pouponner. Un jour elle avait même déclaré qu'elle n'abandonnerait jamais la cigarette pour ne pas nuire au bébé qu'elle pourrait porter ! Chacun était égoïste à sa manière et gardait son secret pour lui. Les mois passaient et l'existence du couple se fragilisait de plus en plus.

Puis vint le moment tant attendu par Chantal. Jean-Claude devait partir à nouveau, cette fois-ci en Chine Populaire, aux chantiers de Shanghai y poursuivre la construction d'une série de nouveaux minéraliers, en partenariat avec les Chantiers de l'Atlantique. La mission serait de dix mois, et afin de la rendre plus facile pour Jean-Claude, le contrat stipulait que Chantal pourrait suivre son mari sur son lieu de travail. Fier de cette nomination et satisfait des clauses du contrat, Jean-Claude, tout joyeux en fit l'annonce à sa femme. Las, il fut accueilli par un refus glacial. Il fut choqué et vexé par l'attitude de Chantal, c'était un "non" catégorique. Non, elle refusait de le suivre dans ce pays qui ne partageait pas sa culture, où elle ne pourrait jamais se faire d'amies du fait qu'elle ne parlerait jamais cette langue impossible.

- Que veux-tu que j'aille faire pendant dix mois en Chine ? Je te le demande, je ne parle pas la langue, mon anglais ne me servira même pas chez ces gens. Sûrement pas ! Je préfère rester ici, tant pis pour moi, je t'attendrai, comme d'habitude ! Vas-y toi, après tout c'est ton métier, ton avenir, pas le mien ! Moi je ne tiens pas à aller perdre mon temps parmi ces sauvages. Comprends, ce n'est pas ma culture et puis laisser ma mère seule pendant aussi longtemps, pas question ! Vas-y toi, pour ma part c'est non !

Elle avait totalement rejeté son devoir d'épouse, elle était sa femme, certes, mais n'était pas tenue de le suivre comme un petit chien !

Jean-Claude en fut très contrarié et fit part de son amertume à son meilleur ami. Marc se crut obligé d'essayer de convaincre Chantal de suivre Jean-Claude mais rien n'y fit, et ne comprit pas tout de suite lorsqu'elle lui lâcha tout de go :

- De toute façon Marc je ne pourrais pas me faire à l'idée de te laisser seul aussi longtemps ! Je suis trop jalouse de toi. !

2

- Ta culture, ah ! parlons-en, elle ne t'a pas rapporté grand-chose jusqu'ici, ma pauvre fille. Les grands mots, Madame ne veut pas suivre son mari en Chine, chez ces sauvages, parce qu'ils n'ont pas sa culture ! Tu devrais savoir que les Chinois possédaient une vraie culture bien avant les Occidentaux et avaient déjà une civilisation alors que notre monde s'en cherchait une. Enfin c'est ridicule Chantal, tu as l'occasion unique dans ta vie de femme, de suivre ton mari en Chine. Tu ne te rends donc pas compte de la chance que tu as ? Dix mois pendant lesquels tu pourras connaître un pays immense que tout le monde a envie de découvrir. On t'offre ce cadeau sur un plateau et toi, hautaine, tu refuses. Je suppose que tu préfères faire du shopping avec ta mère, jacasser avec tes copines ou en encore faire la crêpe sur la plage de La Baule ! Ah ! ta culture se limite à bien peu de chose en réalité !

« Et Jean-Claude pendant ce temps-là ? Tu le laisses partir seul dans ce pays sans même essayer de savoir comment il fera pour se débrouiller, sans femme, sans soutien moral, sans ta présence qui, soit dit en passant, est essentielle sous ce genre de régime. »

- Ah ! Papa, arrête enfin. Toujours la critique à la bouche ! Oui je sais ma culture… en fait c'est parce que je ne travaille pas qu'à tes yeux je suis une imbécile, une bonne à rien. Certes tu préfères ta fille aînée, Irène, bien sûr elle est médecin comme toi. Moi ? je suis comme maman, une idiote uniquement bonne à rester à la maison.

« Et puis zut en fin de compte, je suis tout de même libre de faire ce que bon me semble. Jean-Claude n'est pas un martyr, il peut quand même se passer de moi pendant dix mois. Égoïste moi, et pourquoi donc ? Il me laisse bien tomber pour son métier ! S'il m'aimait vraiment il aurait pu me demander mon avis avant d'accepter tout de suite, sans même que j'aie mon mot à dire ! »

- C'est son métier Chantal, votre avenir, tu le vois refuser une telle proposition, une telle promotion sous le seul prétexte que la culture chinoise est incompatible avec celle de sa femme ? Ne sois pas ridicule ! En tout cas ce n'est pas en restant à te dorer sur les plages bauloises que tu amélioreras… ta culture. Enfin, fais comme tu l'entends, si un jour Jean-Claude te laisse tomber, je crois que tu n'auras à t'en prendre qu'à toi seule.

- Oh ! arrêtez tous les deux ! intervint Yvette. Bien sûr, dans un sens tu as raison Jean, Chantal pourrait accompagner son mari en Chine, mais tu as vu les horaires de son travail, c'est fou ! De sept heures du matin à cinq heures du soir sans rentrer déjeuner à midi. Que fera Chantal seule pendant toutes ces heures ? Shanghai est, paraît-il, peuplée de plus de huit millions d'habitants, et sans amis que fera-t-elle perdue dans cette masse de gens dont elle ne parle pas la langue, et apprendre le chinois en dix mois... je doute que même toi Jean tu puisses y arriver !

« De plus ce pays n'autorise pas encore le tourisme libre, il faut des visas ou des autorisations spéciales pour se rendre dans certains endroits du territoire, c'est bien beau d'encourager les gens à développer leur culture, faut-il encore qu'ils puissent le faire librement ! Non, moi tu vois je pense que Jean-Claude devrait partir seul. Il a, lui aussi, besoin de se prendre en main, et Chantal irait le rejoindre dans deux mois, le temps qu'il s'installe et prenne certains repères, tant dans son travail qu'en dehors de celui-ci. Après quoi, ils passeraient deux à trois mois ensemble et Chantal reviendrait seule l'attendre ici, n'est-ce pas là la meilleure solution ? »

- J'admets que cela en est une, mais est-ce la meilleure ? fit Jean. Il faut voir avec Jean-Claude, car n'oublie pas qu'il sera seul tous les week-ends et, comme il a tendance à se laisser aller sur la boisson lorsqu'il ne fait rien...

- Alors voilà... je dois me dévouer, aller auprès de lui jouer les gardes-malades, les mères Térésa. Il n'a qu'à prendre sur lui-même.

- Bien sûr ma chérie, mais c'est ton mari, alors toi aussi tu dois faire un petit effort, te montrer compréhensive.

- C'est ça, gâcher ma jeunesse et perdre mon temps à sevrer un alcoolique…

- Arrête Chantal, tes propos sont odieux ! intervint le père. Si c'est ça ton avenir avec lui, alors divorce, tu seras mieux seule, mais une chose, il te faudra travailler et je serais curieux de savoir ce que tu pourrais faire.

- Bon ! Je crois que mieux vaut arrêter tout cela, finit par dire Yvette. Chantal, réfléchis à ce que je viens de proposer, c'est sûrement la meilleure solution. Il faut que chacun fasse un bout de chemin et se montre compréhensif, ton père a raison, tu dois quand même aider Jean-Claude. Pense à toi, que ferais-tu sans lui, il a une très bonne situation qui vous permet de vivre sous aucun souci matériel.

Chantal n'aimait pas recevoir ce genre de conseils. Elle se bornait uniquement à voir sa propre situation, peu lui importait que son mari parte se morfondre à l'autre bout de la planète. Elle avait décidé une fois pour toutes que sa vie et ses habitudes passeraient en premier, rien d'autre ne l'intéressait que sa personne. Maman avait raison. Que ferait-elle cloîtrée dans une chambre d'hôtel à attendre Jean-Claude toute la journée. Sortir, pour aller où ? Didier, un ami qui revenait de Chine le leur avait dit. Les rues grouillaient de ces gens uniformément habillés de bleu ou de vert, dévisageant les Occidentaux comme des bêtes curieuses. Justement, Didier était passé par Shanghai et leur avait décrit ses rues où les autobus à soufflet pétaradants, polluants et grinçants se frayaient un passage à grands renforts de klaxons au milieu de milliers de bicyclettes toutes noires, dans un bruit assourdissant de timbres stridents. Ces trottoirs inondés d'une foule bruyante. Il leur dit même que les gens étaient si curieux qu'il suffisait qu'un Européen entre dans un magasin pour qu'une vingtaine de badauds lui emboîtent le pas et viennent le regarder sous le nez. Non jamais, elle qui était déjà plus au moins agoraphobe, merci !

Bien sûr Didier ne savait pas à cette époque que Jean-Claude serait un jour affecté à Shanghai et encore moins que Chantal serait invitée à le suivre, et c'est en toute bonne foi qu'il avait laissé libre cours à ses critiques, sans se douter qu'un jour elles pourraient lui servir d'arguments pour ne pas suivre son mari.

En tout cas, il partirait seul ! Elle aviserait ultérieurement. L'essentiel, en tout premier lieu, était d'être seule et libre pour l'aventure qu'elle se proposait de vivre avec Marc.

3

Une fois rentré chez lui, Marc ne sut trop quoi penser des paroles de Chantal. Il l'avait quitté sans rien dire, un petit baiser furtif sur la joue et, confus il s'était éclipsé rapidement ne sachant quelle attitude adopter.

Il aurait dû s'en douter, plus le temps passait, plus elle lui demandait de le voir, plus elle était critique à l'égard de Jean-Claude. C'était donc ça, elle était amoureuse de lui. Non, il fallait absolument qu'ils aient une explication claire et nette, il ne pouvait accepter de faire cela à son meilleur ami. Les deux garçons se fréquentaient depuis de nombreuses années, quinze ou seize ans maintenant, et sous aucun prétexte il ne pourrait abuser de la confiance de Jean-Claude. Ne plus revoir Chantal, c'était la solution, ou du moins espacer au maximum leurs rencontres pour des raisons différentes. Pourquoi ne pas lui laisser entendre qu'il avait autre chose en tête que, par exemple, Marie-Dominique et lui commençaient à se voir de manière régulière et que par conséquent…

Oui mais cette gamine semblait tellement jalouse qu'elle n'hésiterait pas à faire comprendre à Marido d'aller chercher ailleurs. La pauvre tomberait des nues, il faudrait avant tout que Marc lui explique... Il fallait de toute urgence trouver un prétexte pour ne pas la revoir vendredi comme convenu. Samedi, la sortie hebdomadaire en boîte se ferait sans lui. Il resterait tranquillement chez lui à Nantes. Peut-être comprendrait-elle qu'il n'était pas d'accord avec ses avances. Et si elle ne voulait rien savoir, tant pis, ils auraient une explication !

- Marc, salut, c'est moi, Chantal.

- Bonsoir, ça, va ? Écoute je ne peux te parler longtemps, tu m'excuseras, je dois sortir à l'instant, j'ai un rendez-vous...

- Ah ! avec qui, quelqu'un que je connais ? Une fille, qui ça ?

- Écoute ma petite Chantal, tu sais que je t'aime bien, mais n'en abuse pas quand même, si je te dis que j'ai rendez-vous et que je ne te dis pas avec qui, sois gentille de ne pas me le demander, d'accord ?

- Soit ! Puisque Monsieur me fait des cachotteries maintenant, salut ! Amuse-toi bien, tu le regretteras peut-être !

Chantal raccrocha brutalement à la grande satisfaction de Marc. Mais c'était reculer pour mieux sauter, il connaissait trop Chantal !

Marc prétexta d'une légère fatigue pour ne pas revoir Chantal le vendredi midi et lui laissa entendre qu'il ne descendrait pas non plus à La Baule durant le week-end. Il argua qu'il devait se reposer et préparer une mission qui l'éloignerait de Nantes durant une douzaine de jours.

À la réunion de service qui se tenait régulièrement tous les jeudis soir le patron avait demandé un volontaire pour assurer une mission à Marseille qu'un collègue ne pouvait effectuer pour des raisons familiales. Marc avait tout de suite sauté sur l'occasion pour proposer ses services et partir dès le lundi matin pour la capitale phocéenne.

En premier lieu cela lui procurerait quelque argent pour effectuer le safari tanzanien et par ailleurs ça l'éloignerait pendant un certain temps, nécessaire pour réfléchir sur ce que Chantal lui avait dit.

Le lundi matin il arriva à l'aéroport de Nantes Atlantique et prit le vol Britair qui reliait les deux villes. Arrivé à Marignane, Marc monta dans la navette qui l'emmènerait à la gare Saint-Charles d'où il prendrait un taxi pour se rendre à son hôtel situé boulevard Notre-Dame, non loin du Vieux Port.

Il aimait bien revenir de temps à autre à Marseille. Tout jeune il y avait passé deux ans avec ses parents, son père avait été amené à y travailler et la famille avait suivi. Il avait toujours gardé un agréable souvenir de cette grande ville cosmopolite baignée par le chaud soleil provençal où les Marseillais à l'accent chantant côtoyaient toutes les ethnies méditerranéennes et celles venues d'Afrique et d'Asie. Il aimait aller du côté du Panier ou de la Joliette ou encore errer sur le Vieux Port et regarder les marins s'affairer sur leurs pointus en se donnant des allures de cap-horniers. Son père se moquait d'eux et disait au petit Marc que c'était des marins d'eau douce à côté de ces rudes marins bretons qui affrontaient les mers lointaines. Le grand amusement de Marc à l'époque était de prendre le "feriboate" qui traverse le Vieux Port à la hauteur de l'Hôtel de Ville, il aimait aussi remonter la Canebière jusqu'à l'Église Saint Vincent de Paul et se balader du côté du Cours Belsunce, aujourd'hui il préférait fréquenter le Prado et laisser ses pas l'entraîner sur la corniche.

Au moins pendant cette douzaine de jours, il n'aurait plus à répondre aux questions pressantes de Chantal.

Le premier soir, après le travail de la journée, il se rendit dîner dans un restaurant du Vieux Port, puis après un tour de ville, il regagna son hôtel en passant par la très commerçante rue Paradis.

Chantal était au courant de son déplacement dans le midi et avait essayé de connaître le nom de l'hôtel où Marc se proposait de descendre. Sentant venir la question il avait dit qu'en raison de réparations, il n'avait pu faire de réservations, mais qu'une fois sur place il n'aurait aucun mal à trouver ce qu'il lui conviendrait. En arrivant à "l'Hôtel Méridional" il s'empressa de demander à la direction de répondre que l'hôtel était momentanément fermé pour travaux, il connaissait bien le patron et celui-ci accepta, comprenant que Marc ne voulait pas recevoir d'appel téléphonique d'une certaine jeune femme.

Un après-midi, profitant d'un temps de repos, il entra dans une agence Swissair s'informer des horaires et du prix pour se rendre de Paris à Dar Es Salaam. Jean-Claude et lui devraient partir de Paris en fin de soirée, et aller à Zurich prendre le vol Swissair qui les amènerait à Dar, le lendemain matin après une escale technique à Nairobi, au Kenya. Rentré à Nantes, il lui faudrait téléphoner à sa cousine, mariée à un ressortissant britannique qui travaillait dans la capitale tanzanienne, pour connaître les possibilités de se rendre par la route dans le parc du Ruaha. Monique lui avait fortement conseillé cet endroit, de préférence à ceux des environs du Serengeti, fréquentés par trop de touristes. Certes les agencements seraient moins confortables, mais plus réels, plus proches de la nature.

Marc chercha vainement le sommeil, Chantal était là, présente. Bien sûr elle ne le laissait pas indifférent. Au début il n'y avait pas prêté attention, c'était avant tout la femme de Jean-Claude, une bonne copine, mais maintenant, elle l'avait troublé, au point qu'il était obligé d'y penser, malgré lui. La jeune femme avait un charme irrésistible, elle le savait et, à y réfléchir, Jean-Claude devenait critiquable, effectivement, il la délaissait. Avant elle passait sur tout, ne prenait pas l'ivrognerie de son mari au sérieux, elle s'en amusait presque, aujourd'hui, il commençait à comprendre les réactions de son amie, tôt au tard Jean-Claude serait victime de son insouciance, de sa négligence à l'égard de sa femme.

Chantal avait la trentaine, tout juste passée. Blonde, naturelle, elle devait approcher le mètre soixante-douze. Une poitrine haute, la taille bien marquée, de longues jambes fines et bien dessinées lui donnaient des allures de mannequin. Ses cheveux lisses lui tombaient sur les épaules et encadraient un visage ovale aux traits réguliers Des lèvres légèrement sensuelles et de grands yeux bleus où pétillait toute sa féminité, faisaient de Chantal une femme désirable. Jean-Claude ne semblait pas s'en rendre compte.

Au début de leur mariage, Chantal avait souhaité travailler, mais sans en être jaloux, Jean-Claude s'y était opposé, prétextant qu'elle serait mieux à la maison, elle ferait ce qu'elle voudrait mais il ne pouvait se faire à l'idée qu'un autre homme puisse commander sa femme.

- Et s'il t'arrivait quelque chose, que deviendrai-je ? Il me faudrait travailler pour continuer à vivre, lui avait-elle dit un jour.

- Je vais prendre une assurance-vie, ma chérie, pour te mettre à l'abri de tout souci matériel, avait mollement répliqué Jean-Claude.

- J'espère que ce ne sont pas encore des promesses d'ivrogne, lui avait-elle rétorqué sèchement devant les copains gênés.

- Je t'en prie, mon chou, j'ai toujours tenu parole. Mais dis-moi, si vraiment tu devais travailler, que ferais-tu, je te vois mal dans un bureau, à prendre des ordres. D'ailleurs tu n'as pas de formation, disons administrative, alors qu'envisagerais-tu de faire, insista son mari qui n'avait pas apprécié la réponse de sa femme.

- On peut fort bien gagner sa vie sans obligatoirement gratter du papier à longueur de journée, non? Je me vois parfaitement faire de la vente, plus particulièrement être gérante d'un magasin de mode. Tu as peut-être une tête, moi j'ai mon corps, mon chéri.

- Je ne savais pas qu'il fallait avoir un corps, comme tu dis, pour tenir une boutique de mode, excuse-moi, conclut Jean-Claude.

C'était exact, Chantal pourrait parfaitement s'occuper d'une boutique de mode, même si, comme le faisait remarquer Jean-Claude, elle n'avait pas de formation bien spécifique, elle était quand même intelligente, avait tout de même été en faculté, avait de l'entregent et suffisamment de compétences pour faire une bonne commerçante. Son physique était un atout majeur dans ce genre de profession. D'ailleurs elle portait très bien la toilette et, qu'elle s'habille de vêtements de facture ou d'un simple jean, elle était toujours très élégante et faisait l'envie de ses amies.

- Je préfère le froissement de la soie ou du satin au crépitement des machines à écrire ou au flash des ordinateurs, que veux-tu, mon chou, je regrette mais je ne suis pas programmée, il ne faut pas avoir beaucoup d'ambition pour être toute une journée aux ordres d'un patron !

- Tout dépend des responsabilités que l'on a, une secrétaire de direction n'est pas obligatoirement une esclave.

Jean-Claude se laissait un peu aller contrairement à sa femme. Bien sûr Chantal fumait, mais de moins en moins, elle fumait surtout lorsqu'ils allaient en boîte, cela devait faire plus classe, car elle aimait bien jouer les "machin-machin" comme disait Marc, mais en revanche dès le lundi matin elle partait à la piscine ou à la salle de sports et se faisait souffrir, quand elle ne faisait pas un jogging d'une bonne huitaine de kilomètres.

Il était vrai que son mari avait d'autres responsabilités et prétendait que de toute façon il faisait lui aussi de l'exercice. Le fait d'aller sur le terrain suivre la progression des travaux était en quelque sorte une activité physique qui compensait, à ses dires, les nombreuses heures passées au bureau à étudier ou à élaborer des plans. Légèrement plus âgé que sa femme, il aurait bientôt quarante ans, il avait pris quelques kilos ces derniers temps et sa taille s'était quelque peu épaissie. C'était un bon vivant et les grands crus n'avaient guère de secret pour lui. En dépit des remontrances de sa femme, Jean-Claude restait stoïque à manger et boire ce qu'il aimait. Il était très apprécié de sa hiérarchie, toujours disponible, très compétent et avait continuellement une blague à raconter. Son caractère décontracté lui valait l'estime de tout le monde, au travail il était sérieux et ponctuel. Une grande conscience professionnelle lui interdisait tout faux pas, mais, une fois sorti des chantiers, Jean-Claude avait tendance à rattraper le temps perdu.

Ils auraient, tous deux, dû former un beau couple, mais Jean-Claude était resté un peu gamin, pas tout à fait mature pour être un mari idéal. Chantal lui reprochait souvent de faire passer l'avis de sa mère avant le sien, il était fils unique et sa belle-mère était très possessive, au point que le jour de leur mariage, elle eut le sentiment que Chantal lui avait volé son fils.

Pour sa part, Marc était d'apparence plus sportive avec son mètre quatre-vingt-cinq, ses épaules largement taillées, sa démarche souple et son ventre plat lui donnaient belle allure. Au début, il se sentait un peu gêné lorsque Chantal le prenait pour exemple et qu'elle reprochait à Jean-Claude son embonpoint, mais à l'époque il ne saisissait pas bien qu'il ne s'agissait pas que d'une simple comparaison. En fait il le comprenait aujourd'hui, elle essayait de faire passer un message à son mari pour lui faire comprendre qu'elle avait fait un autre choix.

Les jours passèrent, Marc arrivait au terme de sa mission marseillaise. En dehors d'un coup de fil à ses parents, il n'avait contacté personne d'autre. Il se préparait à rentrer vendredi en fin de soirée mais n'avait pas confirmé l'heure de son arrivée à Nantes afin d'éviter que Chantal ne soit la première à lui téléphoner. Il avait évité de rentrer à Nantes le week-end dernier, il voulait réfléchir, rester seul et se replonger tout entier dans le Marseille de sa jeunesse.

Le vendredi vers cinq heures de l'après-midi, il quitta son hôtel et se rendit à Marignane. Il avait laissé derrière lui une ville ensoleillée et retrouvait la capitale des Pays de Loire sous un crachin bien nantais. Avant de partir il avait enclenché son répondeur et celui-ci lui fit part d'un appel de Chantal.

- Allô, Marc, écoute, ne me laisse pas seule, sans nouvelles de toi, tu me manques, je t'en supplie Marc rappelle-moi dès ton retour… deux secondes à peine s'écoulèrent et Marc entendit distinctement Chantal conclure : Marc je t'aime.

Il resta interdit. Il ne pouvait désormais douter, il l'avait très nettement entendu lui avouer son amour. Que devait-il faire ? La raisonner, en parler à Jean-Claude, ignorer ses paroles, rompre avec eux pour éviter le pire ? Qu'en penseraient les autres, tout cela se compliquait ! Et pourtant au plus profond de lui-même, il commençait à sentir naître quelque sentiment pour Chantal, c'était plus fort que de l'amitié. Oui, il se l'avoua, pour la première fois il lui sembla qu'il était amoureux d'elle. Il prit rapidement sa décision. Il allait l'appeler, lui faire part de son retour, lui parler comme si de rien n'était, lui dire qu'il descendrait vraisemblablement sur La Baule durant le week-end. Il lui fallait paraître décontracté, ne pas faire allusion à son dernier appel. Il verrait bien, si elle revenait là-dessus, il éluderait, parlerait d'autre chose, s'inventerait quelque nouvelle amitié féminine. Cela la dissuaderait peut-être. À défaut, il pourrait juger de sa réaction et vérifier si réellement ce qu'elle lui avait dit était sincère, et pourrait lui permettre d'évaluer jusqu'où elle voulait aller. Il savait Chantal fidèle à Jean-Claude, elle n'avait aucun autre homme dans sa vie, mais pour combien de temps encore. Il semblait être l'élu de cette nouvelle situation et sentait sa tranquillité terriblement menacée. De son côté, Jean-Claude n'avait sûrement pas de maîtresse, ce n'était pas son genre, Chantal lui suffisait amplement, d'ailleurs il aurait eu du mal à trouver plus belle et plus élégante femme qu'elle. Mais, bon dieu pourquoi cette indifférence à l'égard de sa femme ? Il ne comprenait pas, méritait-il une leçon, après tout ! Et si lui, Marc, repoussait les avances de Chantal, que ferait-elle, sur qui reporterait-elle son affection ? Il avait du mal à l'imaginer dans les bras d'un autre homme. Pourquoi pas toi, mon vieux ! lui souffla une voix intérieure. Non jamais ça, se surprit-il à dire à haute voix.

- Chantal, c'est moi, bonsoir. J'ai eu ton message en partie, la ligne semblait un peu… brouillée. Écoute, je descends voir mes parents ce week-end, ma mère m'a dit que papa était un peu fatigué, je passerai vers minuit au Speak Easy, vous avez l'intention d'y aller ?

- Bonsoir… la voix de Chantal était sourde et triste… oui je pense qu'on ira au Speak, comme d'habitude. Si tu n'as rien d'autre à faire, passe faire un tour, ça nous fera plaisir de te revoir. Jean-Claude aura, paraît-il, une bonne nouvelle à t'annoncer, du moins bonne pour lui… je ne t'en dis pas plus, je suis triste Marc, dit-elle d'un ton laconique.

- Chantal, qu'as-tu, ça ne va pas ? Tu ne me sembles pas comme d'habitude, tu n'es pas malade au moins, il y a quelque chose qui cloche, Chantal, réponds-moi, dit Marc inquiet.

- Oui, c'est toi, mon chéri, toi aussi maintenant tu t'éloignes de moi ? Tu ne comprends pas, ou tu fais semblant de ne pas comprendre Marc, Jean-Claude et moi c'est fini, il y a longtemps que tu as pris sa place dans mon cœur, mais toi aussi tu t'en moques.

- Chantal, tu es folle, arrête, non pas ça, je t'en supplie…

- Marc, je t'aime, ne me laisse pas.

Ces derniers mots étaient lointains presque inaudibles, Chantal pleurait doucement en silence

- Bon, Chantal, écoute-moi, ne pleure plus. Tu sais je t'aime beaucoup mais ne te fais pas de mal, nous allons en parler, tranquillement, hein ma biche, on va en discuter à tête reposée, calmement. Je te quitte maintenant, à samedi !

Marc avait le cœur qui battait à tout rompre. Chantal venait, à l'instant, de lui répéter clairement qu'elle l'aimait et il se sentait perdre pied, il ne pourrait résister bien longtemps aux demandes pressantes de son amie.

"Oh ! manquait plus que ça ! enfin on verra samedi soir" finit-il par se dire.

4

Vers vingt-trois heures Jean-Claude et Chantal arrivèrent au Speak-Easy, Hugues et Nathalie étaient en grande conversation avec leurs amis communs, Frédéric et Nicole. Ils les aperçurent au fond de la salle dans leur coin habituel. Ils leur firent un signe de la main et commencèrent à progresser vers leur table en se faufilant parmi les nombreux clients qui discutaient, agglutinés autour du bar. L'éclairage légèrement tamisé et discret était moins sombre que celui des discothèques et diffusait une clarté suffisante pour voir l'ensemble de la salle. Comme d'habitude à cette heure-là, l'ambiance était bonne, un peu bruyante, un voile bleuâtre de fumée de cigarette s'élevait paresseusement au-dessus de la tête des clients occupés à bavarder. La jeunesse aisée du tout-La Baule et des environs immédiats aimait se retrouver dans cette boîte le samedi et le dimanche soir. Une musique de fond douce et mélodieuse rendait l'atmosphère agréable et paisible et incitait les danseurs à évoluer tendrement sur la piste. Toutes les vingt minutes, pour relancer l'ambiance, le patron haussait le volume et une musique plus entraînante prenait le relais pour encourager les clients à venir danser sur des rythmes exotiques.

Le couple rejoignit leurs amis et, après les bisous d'usage, Jean-Claude et Chantal prirent place dans les fauteuils confortables du night-club.

- Vous n'avez pas vu Marc, s'enquit Chantal, il m'a dit qu'il passerait peut-être ce soir, il est rentré de Marseille vendredi soir.

- Tu en sais des choses, toi, ironisa son mari.

- Ah ! tu parles, il m'a téléphoné pour me dire qu'il viendrait à La Baule rendre visite à ses parents. Je ne vois pas ce qu'il y a de mal à ça.

- Je plaisantais, ma chérie, de toute façon j'espère qu'il va venir pour que je lui annonce la grande nouvelle, dit Jean-Claude en regardant ses amis.

- Ah ! ah ! tu as quelque chose d'important à nous communiquer ?

- Parfaitement mes amis, tiens... lorsque l'on parle du loup...

- On en voit la queue, plaisanta Chantal.

Marc fit la bise à ses amies et serra la main de leurs maris.

- Alors, raconte, c'était comment Marseille, parle-nous de ta semaine, commença Chantal.

- Oh ! rien d'extraordinaire, j'éprouve toujours du plaisir à retourner là-bas, mais je suis aussi content de revenir ici, surtout en votre compagnie, autrement quoi de neuf ? questionna Marc.

- Vas-y Jean-Claude, annonce-la ta bonne nouvelle, puisque tu en meurs d'envie, fit Chantal à l'endroit de son mari.

- Figure-toi mon petit Marc, que je viens d'être pressenti pour aller passer dix mois à Shanghai, suivre la construction d'une série de nouveaux minéraliers, qu'en dis-tu ?

- Formidable, félicitations, mais, c'est pour quand le départ, parce que je me suis renseigné pour notre safari...

- Hélas ! Je crains qu'il ne faille le reporter à l'année prochaine.

- Tu vois, une fois de plus... dit Chantal

- Ah ! arrête tes conneries, c'est de la mauvaise foi, je ne vais pas refuser cette affectation sous le prétexte d'aller faire un safari en Afrique avec un copain, ne sois pas ridicule, ma chérie.

- Non, Chantal, tu plaisantes j'espère. Jean-Claude doit aller en Chine, c'est clair, c'est son boulot, il ne peut refuser c'est pas sympa de dire ça, petite sœur, fit Marc.

- Eh voilà, et moi dans tout ça, tu ne poses même pas la question de savoir ce que je vais devenir, merci, toi aussi tu es... sympa !

- Ce que ma tendre épouse oublie de dire c'est qu'elle refuse de venir avec moi là-bas, simplement parce que Madame craint de s'ennuyer et aussi parce que les Chinois sont des sauvages incultes !

- Voyons Chantal, dit Nathalie, tu ne peux laisser passer une telle occasion, dix mois à Shanghai, mais moi je pars tout de suite.

- Eh bien prends ma place, si Hugues n'y voit pas d'inconvénient, non, bien sûr je plaisante, mais je n'irai pas m'emmerder tout ce temps là-bas, c'est tout !

- Vas-y passer quelques mois quand même Chantal, dit Marc, ne serait-ce que pour être aux côtés de Jean-Claude. Quant à t'emmerder là-bas, il y a plus d'une femme qui le souhaiterait, non, vas-y, sois sérieuse !

- Seule dans une chambre d'hôtel à attendre le retour de mon prince charmant, passivement ? Il va me falloir apprendre à faire des réussites ou à jouer au solitaire dans ces conditions !

- Moi je trouve que vous avez de la chance dit Frédéric. Dix mois c'est vite passé mais cela donne quand même le temps et la possibilité de voir des foules de choses. Regarde un peu le nombre croissant de touristes qui choisissent cette destination. Félicitations, Jean-Claude, ce n'est pas donné à tout le monde d'avoir une telle promotion professionnelle. Allez Chantal, vas-y, ne te fais pas prier, je suis sûr que tu en meurs d'envie. Bien sûr il y a l'avion et de nombreuses heures de vol, mais quand même ça vaut le coup ! Vous hésiteriez, vous les filles ? dit-il en s'adressant à sa femme et à Nicole.

- Pas une seule seconde, fit cette dernière.

- Alors merci, je suis la seule imbécile dans ce lot d'intellectuels que vous représentez tous ici présents autour de cette table, dit Chantal d'un air de petite fille boudeuse.

- N'aggrave pas ton cas ma chérie, mais constate tout de même que personne n'est d'accord avec toi.

- Je dis et je répète que je n'irai pas m'emmerder à t'attendre toute une journée dans une chambre d'hôtel. Un point c'est tout !

- Dommage, intervint Marc. Peut-être aurais-tu l'occasion de rencontrer d'autres femmes d'expatriés là-bas, tu ne serais quand même pas la seule femme occidentale à Shanghai. Il doit y avoir un consulat de France, peut-être une Alliance Française, je ne sais pas moi, renseigne-toi auprès du Ministère des Affaires Étrangères.

- Toi aussi tu es contre moi, tu fais même preuve d'imagination pour te débarrasser de moi, merci !

- Me débarrasser de toi ? Mais attends Chantal qu'insinues-tu, tu n'es pas ma femme que je sache ?

- Tu sais très bien ce que je veux dire, rétorqua Chantal cinglante.

Marc regarda ses amis en levant les sourcils en forme d'interrogation et en haussant les épaules.

- Bon, allez, assez joué les martyres, fit Jean-Claude. Marc tu t'es renseigné à Marseille, alors ?

- Oui, on part de Paris le soir, on prend la correspondance à Zurich et après une escale technique à Nairobi, on arrive à Dar le lendemain matin.

- Malheureusement cela ne pourra pas se faire cette année, mais ce n'est que partie remise, qu'en penses-tu ?

- Tout à fait, mais dis-moi, toi quand pars-tu au fait ?

- En principe je dois être à Shanghai le 2 octobre, donc revenir début mai prochain, ou quelque chose dans ce goût.

- Donc pas de problème pour le voyage l'année prochaine alors ?

- Non aucun, ça colle au point de vue calendrier, on maintient le safari.

- En attendant je vais me renseigner auprès de ma cousine, tu sais je vous en avais parlé, elle habite Dar et m'a fortement recommandé le Ruaha. Cela me laisse le temps matériel de tout préparer et de tout mettre au point pour que ce soit une très belle aventure. Mais je reviens à Shanghai, tu seras logé ? À l'hôtel, tu seras loin des chantiers ?

- Je n'ai pas encore tous les éléments, je dois rencontrer le directeur des Ressources Humaines, la semaine prochaine, afin qu'il me donne tous les renseignements et détails nécessaires. C'est, semble-t-il, une création de poste, les chantiers ont signé une "joint venture" avec ceux de Shanghai, le projet devrait s'étaler sur plusieurs années.

- Chapeau, Monsieur l'ingénieur en chef ! Dommage qu'ils n'aient pas besoin d'informaticien... j'irais bien volontiers là-bas avec toi. Et puis les petites Chinoises doivent être mignonnes...

- Pourquoi, tu n'aimes pas les Européennes, fit Chantal, dans ce cas, au lieu d'aller contempler le cul des éléphants en Afrique, va voir celui des Thaïlandaises, faites un safari sexuel !

- Chantal, tu débloques complètement, qu'as-tu mangé ce soir ? répliqua Marc en se moquant d'elle.

- Figure-toi qu'on est allé "bouffer chinois", ça ne lui réussit pas trop à ce que je vois, imagine ce que cela serait si elle venait là-bas avec moi ! Il vaut mieux dans un sens qu'elle reste ici, toute seule, à suivre son régime et à entretenir son corps de... mannequin !

- Tu ne m'invites pas à danser, Marc ?

- Ah ! si pardon, j'étais sur un petit nuage entre l'Afrique et l'Asie.

- Vous venez, Nathalie, Nicole ?

- Oui, allez viens Hugues on ne va pas laisser passer une si belle bossa nova.

Resté seul avec Frédéric et sa femme, Jean-Claude les regarda, les yeux perdus dans le vague.

- Chantal m'inquiète, je la sens m'échapper petit à petit. Pourtant notre séjour en Chine tombait à point nommé pour nous rapprocher, hélas, il me semble qu'il va créer plus de problèmes qu'en résoudre ! Mais que dois-je faire, je ne vais quand même pas laisser tomber cette affectation en Chine !

- Non, surtout pas répondirent en chœur Nicole et son mari. Non, tu dois y aller au contraire. La séparation la fera sûrement réfléchir, tu vas lui manquer, elle joue les bravaches, les petites dures, mais elle s'apercevra bien vite de ton absence et elle la regrettera. De toute façon elle peut encore changer d'avis et partir avec toi ou aller te rejoindre dans quelques mois. Rien n'est encore définitivement décidé.

- Oui, sûrement, c'est d'ailleurs ce que sa mère lui conseille.

- Tu vois, rien n'est perdu...

Alors qu'ils dansaient sur un air de musique brésilienne, Chantal regarda fixement Marc dans les yeux et lui dit :

- Alors, maintenant que penses-tu de ce séjour en Chine ? Tu te rends compte de notre chance, Marc, pendant dix mois nous allons pouvoir vivre un véritable bonheur, c'est magnifique, mon chéri, je suis si heureuse. Bien sûr je vais faire croire à Jean-Claude tout autre chose, oui c'est vrai je fabule un peu, mais comprends-moi, cet éloignement est une bénédiction. Ah ! Marc je me sens si bien dans tes bras. Marc ? Tu m'écoutes, tu ne dis rien, pourquoi ?

- Chantal tu me perds complètement, je ne sais plus où j'en suis. J'ai honte de moi, de tout. Jean-Claude est mon meilleur ami, un véritable frère pour moi. Toi aussi tu représentes énormément pour moi, mais tu comprends cet amour que j'éprouve à ton égard s'apparente à celui d'un grand frère, d'un ami, c'est platonique, jamais je n'oserais te prendre dans mes bras, j'en ai peur Chantal ! Tout cela serait du gâchis, nous ne méritons pas cela, tu te trompes, restons amis, les meilleurs du monde, mais c'est tout.

La danse s'acheva, Chantal n'avait rien répondu à Marc et elle retourna s'asseoir aux côtés de son mari.

- Tu m'accordes la prochaine, chéri ?

- Tu sais bien que j'ai horreur d'aller me trémousser avec tous ces gens Chantal, tu sais depuis longtemps que la danse n'est pas ma tasse de thé.

- Je sais, tu préfères le whisky !

- Je pensais à une chose Chantal, intervint Frédéric. Pour te distraire durant ton séjour en Chine, tu pourrais peut-être rayonner, aller à Pékin, voir la Grande Muraille, les Tombeaux Ming, ceux de l'Est ou encore le Temple du Ciel, la Cité Interdite. Aller à Hong Kong, il paraît que c'est ultramoderne, mieux qu'ici et c'est sûrement pas Jean-Claude qui t'en empêcherait, hein ?

- Bien sûr que non, au contraire. À Pékin comme tu dis il doit exister des tours pour aller visiter tout cela, même aller à Xian, il y a tellement de choses à voir. Il est certain que si j'en ai la possibilité je ne m'en priverai pas. Enfin, on verra tout cela la semaine prochaine et surtout sur place.

- Il se fait tard, intervint Marc, vous restez encore, moi je file.

- Ton père, ça va ? fit Jean-Claude.

- Oui, merci, aucun problème, un petit refroidissement. Bon, je vous dis à plus tard, je ne pense pas venir le week-end prochain.

- Ah! pourquoi, tu commences à nous faire des infidélités maintenant, notre fréquentation perdrait-elle de son intérêt, tu as trouvé une petite poulette? lui fit Chantal.

- Va savoir... lui répondit Marc moqueur. En attendant bonne nuit les petits, faites de beaux rêves.

- Je le trouve bizarre en ce moment, dit Chantal

- Ben il est peut-être amoureux, à son âge cela n'est pas interdit, peut-être qu'à Marseille... va savoir, comme il te l'a si bien dit.

- Idiot, lui répondit Chantal vexée.

5

- Si tu veux je t'emmènerai à Nantes-Atlantique prendre ton avion et puis après je ferai un peu de shopping en ville et je reviendrai dans l'après-midi.

- Je dois être à Paris, au siège social pour dix heures trente, alors j'hésite encore entre l'avion et le train. Voyons, attends, je vais d'abord consulter les horaires et prendre ma décision après. Alors, pour ce qui est du TGV… ah ! il y en a un au départ de St-Nazaire à six heures quarante-deux, j'arrive à Nantes à sept heures vingt et une et ma correspondance est à sept heures trente et m'amène à Montparnasse à neuf heures quarante-cinq, parfait ! Voyons ce que propose Air France, maintenant.

Jean-Claude téléphona à l'aéroport. Trop tard, il n'y avait plus un siège sur le vol de sept heures dix, rien non plus sur celui de huit heures quarante-cinq. Il n'avait donc pas le choix et il fallait maintenant s'assurer rapidement qu'il y avait encore de la place dans le TGV au départ de Nantes.

- C'est de ma faute, merde, j'ai trop tardé mais il m'a fallu aller à cette réunion de dernière minute et après j'ai complètement oublié !

- Tu ne changeras jamais Jean-Claude… tu oublies tout, même moi !

- C'est facile de critiquer, lorsque l'on reste à la maison à ne rien faire, on a le temps de penser, bon je fonce à la gare.

- C'est trop fort ça ! oui je ne fais rien, à qui la faute ?

Jean-Claude devait passer la semaine dans la capitale, à la direction générale pour prendre connaissance des termes de son contrat et des modalités de travail. Il devait également renseigner les formulaires nécessaires à la délivrance d'un visa de long séjour. Il en profiterait pour rencontrer un ingénieur chinois, de passage à Paris, avec lequel il aurait un entretien de travail.

- Bon, allez Jean-Claude, il est temps de partir, je sors la voiture et je t'attends devant l'entrée, grouille.

Jean-Claude ferma le portail d'entrée de la villa et prit place aux côtés de Chantal. Il était six heures du matin, il fallait être à Nantes, à la gare, pour sept heures un quart afin qu'il puisse tranquillement passer sur le quai et monter à bord du TGV qui ne mettrait que deux heures pour arriver à Paris.

Comme à son habitude Chantal démarra en trombe et rejoignit l'autoroute de Nantes

- Sois prudente Chantal, nous avons largement le temps, fais attention en arrivant à la hauteur de Montoir, il y a toujours un sale brouillard dans le coin à cette heure du jour, surtout en cette saison.

Le jour se levait lentement sur le marais briéron, une nappe de brume, légère, enveloppait sournoisement le paysage d'où émergeait discrètement la cime des arbres les plus hauts; plus au loin le clocher d'une église apparut furtivement, l'espace de quelques secondes. Dans les pâturages, les animaux s'étaient serrés les uns contre les autres pour se communiquer quelque chaleur durant la nuit et lutter contre la froidure encore piquante du petit matin, un cheval déambulait, laissant derrière lui le sillage frais de son passage à travers l'herbe humectée de gouttelettes de rosée, devant lui des pies fouissaient nerveusement la terre humide à la recherche de quelque vermisseau, et jouaient les apeurées en sautillant d'une motte de terre à l'autre, éphémères chorégraphes d'un balai matinal. Les structures du pont de St-Nazaire émergeaient lentement d'un voile de brouillard tel un immense spectre d'acier. Sur la ligne d'horizon, le soleil hissait son disque hors des entrailles de la terre et répandait sa rivière d'or sur la campagne endormie. Un vol de canards sauvages regagnait en toute hâte les hautes herbes protectrices des marais voisins, la brume se dissipait paresseusement laissant apercevoir un ciel annonciateur d'une belle journée de début d'été.

- Et toi que vas-tu faire cette semaine, du shopping dans les magasins? Oh! tu as raison, Nantes est une belle ville, on y trouve davantage de choses qu'à St-Nazaire, mais aujourd'hui c'est lundi et la plupart des commerces seront fermés. Tu comptes déjeuner sur place et retourner cette après-midi ?

- Je ne sais pas encore, j'avoue ne pas avoir de programme bien précis

- J'y pense, pourquoi ne téléphones-tu pas à Marc, déjeune avec lui. Il n'avait pas l'air dans son assiette samedi soir.

- Non, je ne vais pas le déranger. De toute façon je crois qu'il n'a qu'une toute petite heure pour déjeuner, enfin je vais voir, je lui passerai peut-être un coup de fil

- Ouais, pourquoi pas. Doucement, chérie, on a le temps, ne t'énerve pas, dit Jean-Claude à sa femme qui s'impatientait derrière un camion de maraîcher qu'elle voulait à tout prix doubler.

- Il m'agace cet imbécile, regarde comme il conduit ce péquenaud, encore un qui se croit seul sur la route !

- Mieux vaut le laisser filer plutôt que de me faire rater mon train en ayant un accrochage.

Chantal arriva en bas de la rue de Strasbourg et avait à peine passé la quatrième qu'elle freinait déjà devant la gare.

- Tu descends, Jean-Claude, je ne peux pas me parquer là.

- Non, non vas-y, je prends ma valise et je file. Allez bonne semaine, ma chérie sois sage dit-il en embrassant Chantal qui lui tendit la joue.

- Bonne semaine à toi aussi, tu me téléphones demain soir ?

- Oui, ou ce soir, je verrai, allez bye.

Chantal fit un signe de la main à son mari, s'éloigna rapidement au volant de sa voiture et trouva à se garer, un peu plus loin, dans l'espace que venait d'en libérer une autre.

Bon comment vais-je maintenant faire pour aller chez Marc ? Voyons, il m'a dit de prendre le cours des Cinquante Otages, puis remonter la rue Paul Bellamy et ensuite aller jusqu'au Rond Point de Rennes. Elle suivait l'itinéraire avec son ongle, discrètement laqué d'un vernis rose, sur le plan de la ville, en partie déplié sur le volant. Ah ! oui, je vois, non ça n'a pas l'air bien compliqué. Chantal ne connaissait pas bien Nantes, mais le rendez-vous que lui avait consenti Marc revêtait une telle importance, pour elle, qu'elle y serait allée à pied s'il avait fallu. Après quelques hésitations et deux ou trois coups de klaxon d'automobilistes impatients, elle finit par se retrouver boulevard Michelet devant un immeuble de cinq étages, de construction récente. "L'Acapulco", c'est là fit Chantal. Elle eut la chance de trouver où parquer sa voiture non loin de là. Elle claqua la porte et se dirigea vers la résidence de Marc.

Soudain l'angoisse s'empara d'elle, elle ralentit sa marche et s'imagina dans la peau d'une petite fille qui allait commettre son premier péché. Elle hésita, elle ne se sentait plus du tout sûre d'elle, ses tempes lui battaient, une rosée de sueur perlait son front. Non elle ne pensait pas à Jean-Claude mais à elle. Que t'arrive-t-il Chantal? finit-elle par se dire, ressaisis-toi, voyons, allez ne joue pas les petites cruches, ce n'est pas le moment de te dégonfler quand même, tu le veux ton Marc, oui ou non? De quoi aurais-tu l'air si tu lui faisais faux bond. D'accord tu l'as tellement poussé à bout qu'il a fini par céder, bien sûr il serait soulagé que tu ne viennes pas, mais ma pauvre tu passerais pour une petite imbécile, une allumeuse, une gamine trop gâtée qui ne sait pas ce qu'elle veut! Quoique, après tout, nous devons, en principe, parler... à tête reposée. Allez courage, ma fille, vas-y, tu ne peux plus reculer. Chantal s'aperçut qu'elle s'était arrêtée, plantée au beau milieu du trottoir. Alors on y va Chantal, ne sois pas ridicule.

Abandonnant toute appréhension désormais inutile, elle reprit sa marche en pressant le pas.

Marc Lapierre - quatrième étage, c'est là. Chantal appuya sur le bouton de l'interphone. La voix de son ami se fit entendre, un peu nasillarde.

- Oui, qui est-ce?

- C'est moi Marc, tu m'ouvres?

Marc vit le visage de Chantal en gros plan, déformé pour la caméra vidéo, il déclencha l'ouverture de la porte en fermant les yeux, comme pour invoquer quelque pardon.

Oui, il avait cédé. En ce moment précis où Chantal devait se trouver dans l'ascenseur il regrettait sa faiblesse. Quel con ! Pourquoi avoir accepté de la voir ! Il avait demandé, en rentrant vendredi de Marseille de pouvoir bénéficier de sa journée de lundi pour régler certaines affaires personnelles laissées de côté, depuis un certain temps, mais au départ ce n'était pas pour recevoir Chantal chez lui.

Mais, alors que Jean-Claude s'était rendu chez ses parents dimanche matin, Chantal en avait profité pour lui téléphoner et insister, si bien qu'au bout de presque une heure de palabres, il avait fini par accepter qu'elle vienne le voir à Nantes, pour avoir une discussion, un tête-à-tête, parler calmement, posément et, dans son for intérieur essayer de lui faire comprendre d'arrêter, de le laisser tranquille. C'est ce qu'il comptait lui dire, avec Chantal, c'était évident, ça ne serait pas facile, mais il fallait avoir cette discussion et repartir sur des bases nouvelles, sinon ? Eh bien il aurait une entrevue avec Jean-Claude, il lui dirait tout, qu'ils devaient se séparer à cause de sa femme. Il perdrait son meilleur ami, sans doute, mais celui-ci ne pourrait que lui être reconnaissant de sa franchise, de sa droiture, de son amitié profonde.

Et après qu'adviendrait-il de leur mariage à tous les deux ? Jean-Claude chasserait-il Chantal ? Celle-ci claquerait-elle la porte, probablement pas, car elle se retrouverait seule, elle aurait non seulement perdu Marc mais également son mari. Alors, que faire ? Si seulement il avait été muté à Marseille pour dix mois, lui aussi ! Il ne serait pas là à se poser toutes ces questions auxquelles il ne trouvait pas de réponse.

Il ouvrit la porte, Chantal apparut radieuse, plus belle que jamais. Elle portait une robe légère et discrète, elle avait tiré ses cheveux en arrière et les avait noués en queue de cheval.

- Bonjour mon chéri, dit-elle dans un souffle.

- Salut Chantal, entre je t'en prie. Tu as déposé Jean-Claude à la gare comme convenu ? Tu as trouvé ton chemin sans difficulté, je suppose ?

Marc ne savait trop quoi dire. Chantal le regardait avec un petit air moqueur, elle le sentait tendu, inquiet, moins sûr qu'elle, et cette attitude lui redonna toute l'audace qu'elle avait failli perdre en descendant de voiture.

- Oui, sans problèmes, mais il y a beaucoup de circulation à cette heure-ci et les Nantais sont impatients au volant, je me suis fait klaxonner à deux ou trois reprises, enfin, l'essentiel était de te trouver, c'est fait ! Tu me fais visiter ton appartement, je ne connais pas ta nouvelle demeure.

- Bien sûr. Oh ! tu sais c'est modeste, rien à voir avec ta superbe villa. Ici, comme tu le vois c'est la salle à manger-salon…

Puis, guidant Chantal, il lui montra la cuisine et sa chambre à coucher, elle entra, inspectant minutieusement les lieux, alla jusqu'à la fenêtre et écarta légèrement les rideaux.

- C'est bien, aucun vis-à-vis... C'est quoi cette rivière que l'on voit là-bas ?

- C'est l'Erdre qui va se jeter dans la Loire en passant sous les Cours et par le Canal St Félix, non loin de la gare d'où tu viens.

- Tu es bien installé, c'est meublé avec goût, ce n'est pas le même mobilier que tu avais dans ton ancien appart ?

- Non, j'ai tout changé, répondit Marc. Est-ce que je peux t'offrir quelque chose, tu as soif, un café ou un jus de fruit ? Si tu veux on pourra faire un tour en ville avant d'aller déjeuner, je t'invite dans un petit restaurant sympa "Le Bouche à l'Oreille" rue Jean-Jacques Rousseau, si ça te chante.

- Je préfère le bouche à bouche mon chéri, oui je prendrai volontiers un jus d'orange, si tu as. Tu peux m'indiquer où est la salle de bains ?

- Au fond du couloir, la porte à droite, c'est vrai je l'avais oubliée dans mon tour organisé.

Marc se dirigea vers la cuisine pour y aller prendre deux verres et une carafe de jus d'orange.

Chantal referma la porte de la salle de bains. Elle fit passer sa robe par-dessus sa tête, dégrafa son soutien-gorge et fit glisser son string sur ses cuisses. Elle était maintenant complètement nue. Après s'être regardée dans le miroir du lavabo, elle s'adressa un clin d'œil favorable et entrouvrit la porte. Marc était encore dans sa cuisine, occupé à préparer les jus de fruit. Elle se glissa rapidement hors de la salle de bains et s'arrêta au beau milieu du salon juste au moment où Marc y entrait portant un plateau sur lequel il avait disposé les deux verres et la carafe.

Elle éclata d'un rire joyeux. Marc resta interdit, il faillit lâcher le plateau. Chantal se tenait là devant lui, entièrement nue, sans la moindre parure. Elle était magnifique. Bien sûr il l'avait déjà vue à la plage, même si elle ne cédait pas à la mode du topless, prétextant avec malice qu'elle réservait ses charmes pour les connaisseurs, elle ne s'embarrassait pas de mètres de tissus inutiles et un minimum discret cachait son intimité, mais là, ça n'était pas pareil. Ses seins, haut perchés et fermes se dressaient, provocateurs, une toison châtain clair, bien ourlée recouvrait son pubis, elle était tellement désirable. Il n'eut pas le temps de poser son plateau sur la table basse du salon, elle était déjà là si près de lui, les lèvres entrouvertes et les yeux mi-clos.

- Pose le plateau sur la table, mon chéri, tu seras plus à l'aise.

- Marc obéit. À peine s'était-il débarrassé du plateau que Chantal colla son corps contre le sien et lui imprima ses lèvres contre les siennes, le forçant à l'embrasser.

Il ne put résister à l'envie et lui rendit ses baisers, la serrant très fort dans ses bras. Il sentit les mains de Chantal s'affairer autour de sa ceinture, dans un souffle il lui dit : "Laisse, je vais le faire moi-même". N'y tenant plus, il souleva Chantal dans ses bras et l'emmena vers sa chambre à coucher sans cesser de la couvrir de baisers.

Ils s'aimèrent longtemps. Chantal se donna à lui avec volupté. Marc la sentait tout entière à lui. Jamais il n'aurait imaginé Chantal aussi délicieusement amoureuse.

- Marc, à quoi penses-tu ? Tu m'as aimée avec tant de force mon chéri, tu m'as rendue si heureuse.

Elle lui déposa un long baiser sur les lèvres et se blottit tout contre lui.

- Tu m'aimes ?

6

Jean-Claude rentra très content de sa semaine parisienne. Il partirait effectivement le premier octobre, arriverait à Pékin le lendemain matin et prendrait une correspondance pour Shanghai, deux heures plus tard. Les autorités chinoises avaient prévu de l'accueillir à l'arrivée dans la capitale, elles lui réservaient un véritable traitement de VIP, un interprète viendrait le chercher dans la zone sous douane pour l'aider à récupérer ses bagages et accomplir les formalités de police, assez exigeantes dans ce pays, selon Didier. À Shanghai, un nouvel accueil était prévu, un interprète l'emmènerait à l'hôtel Jing Jiang, situé dans l'ex concession française. Chaque matin, une voiture des chantiers le conduirait à son travail de l'autre côté de la ville, en empruntant le tunnel qui passe sous le port et la rivière Wangpu, qui se jette dans le Yang Tseu Kiang, à l'embouchure de la mer de Chine. Son salaire était augmenté d'une alléchante indemnité de résidence et les frais de subsistance étaient conjointement pris en charge par les deux parties. Au bout de cinq mois de présence, il lui serait accordé une semaine de repos pour se rendre à Pékin à l'invitation des chantiers, où il serait à même de visiter la ville, les environs, les Tombeaux Ming, la Grande Muraille et autres sites réputés d'intérêt touristique.

- Alors qu'en pensez-vous ? dit Jean-Claude en s'adressant à ses amis qui s'étaient retrouvés, comme d'habitude, au Speak Easy, pour passer la soirée du samedi ensemble.

- Génial, je trouve cela purement génial, fit Frédéric avec un enthousiasme non feint. Tu vois Chantal, tu pourrais faire le voyage de Pékin en compagnie de Jean-Claude, tout sera organisé, tu n'auras qu'à ouvrir les yeux et prendre des photos.

- Oui, c'est une excellente idée, renchérit Marc, ça te changera les idées et une semaine ça vaut le coup ! formidable.

- Décidément, vous tenez tous à me voir partir là-bas, ma présence vous gêne-t-elle à ce point ?

- Ne sois pas idiote, bien sûr que non, mais je te le répète, une chance comme celle-là, ça ne se laisse pas passer, dit Frédéric.

Depuis leur folle matinée nantaise, Chantal agissait comme si Marc l'intéressait moins. En fait, elle faisait tout pour dissimuler son affection à son amant en le brusquant un peu comme elle le faisait avec Jean-Claude, mais pour des raisons totalement différentes. Marc avait très bien compris son jeu et ne pouvait que l'apprécier. Cependant, à chaque fois qu'il rencontrait son ami, il avait honte de lui-même, de la façon dont il devait jouer la comédie pour ne pas éveiller ses soupçons, désormais rien n'était plus comme avant et il éprouvait une gêne considérable en la présence de Jean-Claude.

Apparemment rien ne semblait pourtant déranger son ami, il était égal à lui-même, blaguait toujours de la même façon, et son prochain départ pour la Chine semblait retenir toute son attention.

Marc avait revu Chantal quelques jours après leur première aventure, une fois de plus elle avait gagné, maintenant il n'essayait plus de résister, il savait qu'il devrait faire un effort surhumain pour s'en séparer. Souvent la nuit, lorsqu'il se réveillait il tentait de trouver une solution à tout cela. Les choses allaient empirer avec l'absence de Jean-Claude et, amoureuse comme elle était de lui, elle refuserait d'aller retrouver son mari en Chine. Combien de temps cela durerait-il ? Et après, lorsqu'il serait rentré définitivement que se passerait-il ? Ils auraient pris l'habitude de se rencontrer régulièrement, il faudrait alors avoir recours à nouveau aux mensonges, aux cachotteries, non ce serait impossible.

Il lui fallait tenir encore quelque temps, puis l'absence de Jean-Claude lui permettrait de réfléchir, mais au retour ? Aurait-il, lui, Marc, le courage de partir seul avec son ami en Tanzanie, il ne pouvait imaginer un tel scénario. Allait-il coucher dans la même chambre que Jean-Claude dont il avait trahi la confiance en lui prenant sa femme.

Chantal n'avait, pour sa part, aucun état d'âme. Lorsqu'elle était seule avec Marc, elle échafaudait une foule de projets pour venir à Nantes, être à ses côtés, ne plus le quitter. Marc avait beau essayer de lui faire comprendre tout le danger que cela représenterait, elle n'en avait cure.

Un jour elle se laissa même aller à lui dire : "Si seulement il pouvait rester en Chine pour toujours." Elle ne voyait que par son bonheur, le reste n'avait aucune importance. Elle avait même exigé de Jean-Claude qu'il prenne une forte assurance-vie avant de partir : "Tu comprends, s'il t'arrive quelque chose, je tiens à être à l'abri."

- Oui, si je crève tu pourras réaliser ton rêve, prendre une boutique de mode et te trouver l'homme de ta vie.

- Tu ne t'imagines quand même pas qu'à mon âge, je resterais veuve longtemps !

- Non ma chérie, je ne me fais aucune illusion à ce sujet.

Les semaines passèrent, le groupe d'amis se voyait régulièrement. Le dernier samedi que Jean-Claude allait passer “serait mémorable” avait-il promis.

Il avait bénéficié d'une semaine de repos avant son départ pour se préparer et régler différentes choses. Ses beaux-parents, qui habitaient également à La

Baule les avaient reçus à dîner. Ils aimaient bien Jean-Claude, le considéraient un peu comme le fils de la maison, puisqu'ils n'avaient eu que deux filles, Chantal et Irène. Tout se passa très bien et ses parents donnèrent tort à Chantal de s'entêter à ne pas vouloir partir avec son mari. En aparté, Yvette lui dit qu'elle avait bon espoir de convaincre sa fille de le rejoindre durant son séjour. Pour sa part, Jean-Claude éprouvait beaucoup d'affection pour Irène, son mari chirurgien à l'hôpital de St-Nazaire, et les deux petits-enfants issus de leur union.

Puis ce fut au tour des parents de Jean-Claude de l'inviter avec Chantal à Nantes. L'atmosphère n'était pas la même chez eux. Son père l'aimait bien elle, mais la "vieille", Émilie, comme l'avait baptisée Chantal, était beaucoup plus critique à l'égard de sa belle-fille. Elle voyait en Chantal une petite flambeuse, trop sûre d'elle, arrogante, quelque peu dédaigneuse et prête à tromper son mari à la première occasion venue. Ce voyage en Chine l'inquiétait au point qu'elle s'en ouvrit à son mari.

- Je ne suis pas tranquille Charles, ce voyage en Chine est évidemment une belle promotion pour Jean-Claude, mais je crois que la Chantal en profitera pour le tromper.

- Tu vois toujours le mal chez cette fille, jusqu'ici elle n'a rien fait que je sache !

- Ne dis pas cela, dis-moi plutôt pourquoi elle ne veut pas le suivre, ses arguments ne tiennent pas debout, une femme qui aime son mari doit le suivre partout, surtout dans ce genre de pays. Non, elle préfère jouer les minettes à La Baule. Ah ! mon dieu, si seulement mon petit Jean-Claude m'avait écoutée, tiens c'est Christiane qu'il aurait dû épouser, et non cette petite peste.

- Tu vas arrêter cinq minutes, avec tes critiques, oui ?

- Tu verras, je ne me trompe pas si facilement...

- Moi, je ne sais pas, mais je trouve que Jean-Claude ne se donne pas beaucoup de mal avec elle, il a l'air de la délaisser complètement parfois.

- Voilà autre chose maintenant ! ça par exemple, il fait tout ce qu'elle lui demande, que veux-tu de plus ? Mais que va-t-elle faire pendant dix mois toute seule à La Baule ? Je te le demande, moi.

- Elle est continuellement fourrée chez sa mère, tu le sais bien, il n'y a aucun mal à cela, si ? Et puis nous n'aurons qu'à l'inviter plus souvent.

- Tu n'y penses pas, d'abord elle se ferait un malin plaisir de refuser, rien que pour être désagréable, surtout envers moi, et puis sa présence, figure-toi que je m'en passe très bien, c'est une sotte prétentieuse. Le mieux serait de la faire surveiller !

- Quoi ? mais tu deviens folle, tu te rends compte de ce que tu dis ? Je t'interdis formellement ce genre de chose, pour qui te prends-tu ? Tu crois que Jean-Claude serait heureux s'il apprenait ça ? Jamais, tu m'entends !

Le père de Jean-Claude était entré dans une violente colère, ce qui n'était pourtant pas dans ses habitudes, mais faire surveiller sa belle-fille sous prétexte que son fils était seul en Chine lui semblait être une idée odieuse.

Le dernier samedi au Speak Easy fut mémorable, Jean-Claude et Chantal semblaient heureux, vraisemblablement pour des raisons diamétralement opposées.

- Dommage que je bosse mardi, je t'aurais bien volontiers accompagné à Nantes, dit Hugues.

- Nous aussi, firent les enseignants, Frédéric et sa femme.

- Vous êtes gentils mes petits, mais vous savez j'ai horreur des délégations. Chantal me conduira à Nantes Atlantique pour l'avion de quinze heures trente, arrivé à Paris j'irai à Roissy et... en route. Allez, Michel, dit-il au barman, champagne pour tout le monde.

- Tu pourras nous téléphoner dès que tu seras arrivé à Shanghai, s'enquit Marc. Combien y a-t-il de décalage horaire au fait ?

- Neuf heures, je crois, dit Chantal. Ne te trompe pas Jean-Claude, tu sais que j'ai horreur d'être réveillée durant mon sommeil !

- Il paraît que les communications téléphoniques sont mauvaises car elles sont sur écoute.

- Ça ne m'étonne pas d'eux, dit Nathalie, qui n'aimait pas trop les régimes totalitaires.

- Tu crois, tu n'exagères pas, là ? De toute façon les banalités que nous échangerons ne les intéresseront guère, n'est-ce pas mon chéri ? fit Chantal en regardant son mari.

- Ça dépend il paraît que tout les intéresse. Il paraît même qu'ils ouvrent le courrier et qu'ils ont une sorte de tampon en caoutchouc qu'ils frappent sur l'enveloppe après avoir lu le contenu de la lettre et avoir recollé l'enveloppe, ça dit "courrier arrivé dans cet état" ou quelque chose dans ce goût. Si, si je te le jure, hein Chantal ? C'est Didier qui nous l'a dit.

- Et tu veux que j'aille vivre dans ce pays de cons ! fit Chantal en regardant son mari les sourcils levés en marque d'interrogation, jamais de la vie mon chéri, c'est invivable ce genre de situation.

- Ah ! ça ajoute un peu de sel au quotidien, dit Marc philosophe.

- Je voudrais bien t'y voir, lui répliqua Chantal. Toi qui aimes tant ton intimité, tu serais servi !

Le grand jour était arrivé, Jean-Claude n'avait pas voulu que ses parents viennent lui faire leurs adieux. Ils avaient déjeuné en compagnie du fidèle Marc et Chantal avait emmené son mari à l'aéroport.

- Tu vas me manquer ma chérie. C'est maintenant que je réalise que dix mois sans toi seront très longs et très durs à supporter. On se chamaille de temps en temps mais je veux que tu saches et surtout que tu n'oublies pas que je t'aime, ma chérie.

- Moi aussi, je t'aime. Je vais essayer de prendre sur moi-même de vaincre ma peur de l'avion et aller te rejoindre là-bas, je vais essayer, fort, fort, je te le promets…

Jean-Claude eut l'impression que les derniers mots de Chantal manquaient un peu de conviction, peut-être était-ce l'émotion de la séparation ? Il se retourna une dernière fois pour lui envoyer un baiser de la main, Chantal avait déjà disparu.

7

L'enregistrement de ses bagages terminé, Jean-Claude se dirigea vers le satellite qui le mènerait vers la porte d'embarquement du Vol AF 188 à destination de Pékin. Il regarda dans la salle d'attente si par hasard il reconnaissait un visage, une personne connue. Le vol semblait complet, des touristes italiens discutaient nerveusement, les hommes parlaient bruyamment tandis que leurs femmes plus tranquilles, dans leur coin semblaient implorer la madone pour que tout se passe bien. Des Américains, vraisemblablement des retraités aisés, formaient un cercle, certains avaient cru élégant de s'affubler de bobs multicolores qui ressemblaient plus à des abat-jour qu'à des couvre-chefs. Leurs commentaires allaient bon train et de temps à autre un d'entre eux éclatait d'un rire guttural. Assis en face de lui, un Indien accompagné de sa femme ruisselante de bijoux, lissait sa moustache pensivement. Il y avait aussi des Pakistanais à l'œil noir et à l'air austère qui discutaient d'un air solennel, semblant échanger quelque secret, le reste des passagers était apparemment composé de Français dont plusieurs formaient un groupe de touristes du troisième âge. “Sûrement des gens de la province” pensa Jean-Claude, en voyant leur accoutrement. Quelques Chinois, des fonctionnaires sans nul doute, étriqués dans des uniformes Mao de couleur gris anthracite, discutaient à voix basse en déambulant dans le hall, sans se quitter d'une semelle.

Le moment venu, Jean-claude prit place dans la queue qui s'était formée à l'annonce de l'embarquement du vol. Voyons, 15A, la place se trouvait juste derrière le rideau qui séparait sa classe de celle des premières, les chantiers lui avait offert le voyage en classe "affaires". Il était bien assis et comme devant lui il n'y avait aucun siège il pourrait même étaler ses jambes.

Il s'amusa de la gentille petite pagaille qui règne systématiquement au moment où les voyageurs cherchent leur place. Nombre d'entre eux s'orientent rapidement mais il y a toujours ceux qui confondent les numéros et les lettres et finissent par s'asseoir à une autre place que la leur. Lorsqu'il s'agit de personnes parlant la même langue ou qui se comprennent, le fautif obtempère en s'excusant, mais la plupart du temps, quand la langue devient une barrière, cela crée des difficultés débouchant sur des scènes comiques qui parfois tournent à l'altercation plus ou moins violente, forçant le personnel de cabine à déployer des prodiges de patience, sourires de rigueur à l'appui, et à faire preuve d'une diplomatie exceptionnelle pour convaincre les belligérants de s'asseoir à leur place respective.

L'avion était maintenant prêt au décollage, la chef de cabine arpentait rapidement l'allée du côté où Jean-Claude était assis, les talons de ses chaussures martelant sourdement la moquette. Un steward fermait les clapets des compartiments à bagages de cabine arborant le sourire satisfait du travail bien fait, vérifiant au passage si les ceintures de sécurité étaient bien toutes bouclées, demandant à un passager trop tôt installé de relever le dossier de son siège pour le décollage.

Dans un bruit de tonnerre, le 747 s'arracha au tarmac et Jean-Claude entendit le mécanisme du train d'atterrissage réintégrer son logement avec un claquement sec. Dans environs huit heures, ils seraient à Karachi. Après avoir consommé partie du dîner, accompagné de la petite bouteille de Bordeaux, Jean-Claude commanda un whisky qu'il vida d'un trait et, le film comique projeté sur l'écran central de l'appareil ne l'intéressant pas le moins du monde, il décida de fermer l'œil à la recherche de quelque sommeil bienfaiteur.

Il somnolait vaguement lorsque le Boeing toucha la piste et commença à rouler en direction des bâtiments de l'aéroport de Karachi. L'appareil s'arrêta et le bord annonça une heure et demie d'arrêt technique. Après que les passagers dont le voyage se terminait dans l’ex-capitale pakistanaise, eurent quitté l'avion, ceux qui voulaient descendre dans la zone transit furent invités à monter dans un car spécial. Jean-Claude embarqua dans le bus en compagnie d'une trentaine d'autres voyageurs. Il entra dans un hall fortement éclairé où une vingtaine de boutiques proposaient des articles d'art local à la vente. Il y avait de beaux bijoux en or, des diamants sertis, mais aussi beaucoup d'autres articles, plateaux en cuivre martelé, théières, gobelets, vases ciselés, mille et une choses que des marchands moustachus et barbus engoncés dans des robes-tuniques blanches essayaient de vendre dans un anglais typiquement pakistanais.

L'avion repartit. Jean-Claude essaya de revivre le moment du départ à Nantes hier après-midi… déjà ! Pourquoi Chantal était-elle partie si vite, il aurait voulu la voir une dernière fois au moment où il s'était retourné. Elle n'avait pas attendu, était-ce parce qu'elle voulait lui cacher son émotion. Il n'en était pas très sûr car le baiser qu'elle lui avait donné avait été si rapide. "Ah ! Chantal ma petite, oui peut-être ne suis-je pas toujours très attentionné, mais cela fait maintenant six ans que nous sommes mariés, elle sait que je l'aime, bien sûr je ne suis pas continuellement aux petits soins, mais après tout elle non plus ! Il nous faudrait un enfant, en fait c'était peut-être cela qui leur manquait, le ciment du mariage, pensa

Jean-Claude. Elle ne voudra jamais en entendre parler, pourtant il le ferait une dernièrement fois, sérieusement".

Jean-Claude se rendormit. Soudain les lumières des plafonniers, allumées par les hôtesses le réveillèrent, le personnel de bord s'affairait, une odeur de café chaud vint l'avertir que l'heure du petit déjeuner était arrivée et que dans un peu plus d'une heure l'avion se poserait en Chine.

Il remonta le dossier de son siège, sortit et déplia la tablette logée dans l'accoudoir droit de son fauteuil, juste à temps pour recevoir le plateau que lui tendait le steward. Jean-Claude aimait son confort, il avait horreur de ces repas en avion. Il n'était pas à l'aise, il fallait manger coudes collés au corps pour éviter de se cogner dans ceux du voisin, les couteaux ne coupaient pas, ou mal, les barquettes contenant le plat principal étaient souvent trop chaudes ou le contenu en était tout juste tiède. Il n'aimait pas non plus les petits pains ronds, trop de mie, ils n'avaient aucun goût, les parts de fromages étaient ridiculement petites et lorsqu'il lui arrivait d'ouvrir le conteneur d'eau minérale il en renversait toujours la moitié à côté, en outre les vingt-cinq centilitres, même de vin de Bordeaux, si parcimonieusement servis pour faire descendre cette ratatouille, étaient indignes d'une grande compagnie aérienne, il lui en fallait toujours une autre pour réellement avoir l'impression d'avoir bu quelque chose. Par amusement, il regardait autour de lui, et observait presque toujours qu'en dehors des goinfres habituels, ceux qui, comme lui, avaient un palais, boudaient eux aussi cette bouffe, quel gâchis ! Le comble, il avait remarqué que presque à chaque fois que les différents repas étaient servis, l'avion entrait, bizarrement, dans une zone de turbulences, à quoi tenait ce phénomène aussi récurrent ? Vivement que je sois arrivé à l'hôtel à Shanghai, pensa-t-il en se frottant le menton qu'une barbe naissante commençait à bleuir.

Comme un troupeau de moutons menés par leur Panurge chinois qui connaissait l'itinéraire, l'ensemble des passagers le suivit vers les tourniquets où les bagages retrouveraient la main de leur propriétaire pour les arracher à cette promiscuité.

Jean-Claude aperçut un Chinois qui essayait de se faire remarquer d'un passager en brandissant une petite pancarte sur laquelle il lut son nom, il lui fit un signe de la main et se dirigea vers lui.

- C'est sans doute moi que vous cherchez ? Je m'appelle Jean-Claude Renard, ingénieur aux chantiers de l'Atlantique de St-Nazaire.

- Ah ! ah ! oui Monsieur Renard, c'est bien ça, Jean-Claude, ah ! ah ! bienvenue à Pékin Monsieur Renard, je m'appelle Wang Tsai Chu, vous avez combien de bagages ?

- En plus de mon bagage à main, j'ai deux autres valises en soute, venez avec moi je vais les identifier.

Wang aida Jean-Claude à satisfaire aux formalités de police. Le préposé, affublé d'une casquette trop grande pour sa tête, pinaillait, ergotait, Jean-Claude avait l'impression qu'il se donnait plus d'importance qu'il n'en fallait en réalité pour viser les documents que Wang avait tout de même l'habitude de remplir.

- Que veut-il, Monsieur Wang, s'enquit Jean-Claude.

- Rien, Monsieur, tout est en ordre, répondit Wang avec un sourire forcé, c'est fini Monsieur Renard.

Il avisa un porteur et lui ordonna de prendre les bagages de Jean-Claude.

- J'aurais pu les porter moi-même, fit ce dernier.

- Non, Monsieur, laissez, ils sont là pour ça, d'ailleurs il nous faut aller au premier étage maintenant pour enregistrer vos valises pour Shanghai.

Jean-Claude suivit Wang. Il y avait un monde considérable dans le hall d'arrivée, les gens allaient dans tous les sens, parlant fort, portant ou traînant de lourds bagages et des colis volumineux. Il lui fut difficile de se faire une idée de la classe sociale à laquelle ces gens appartenaient car presque tous étaient vêtus de la même façon, pantalons et vestes en toile verte ou bleue, certains emmitouflés dans de lourds manteaux de même confection, sûrement doublés de plumes de canards, coiffés de casquettes Mao ou de chapkas en fourrure synthétique. Les femmes ne se distinguaient pas par leur élégance, elles portaient les mêmes habits que les hommes et leur féminité n'était apparemment que très relative. Arrivés au niveau des départs les trois hommes se dirigèrent vers le comptoir de la CAAC qui affichait le vol pour Shanghai, l'enregistrement avait déjà commencé. Quelques Occidentaux feraient partie du vol, les Chinois en plus grand nombre semblaient emmener avec eux des tonnes de bagages hétéroclites composés de sacs en nylon multicolore tressé, entourés de ficelles pour en assurer une meilleure fermeture. Ce qui surprenait tout de même Jean-Claude était cette masse uniforme de gens difficilement identifiables, certains passagers semblaient être des cadres du Parti, par leur comportement, mais tous parlaient haut, se bousculaient, se raclaient la gorge de la même façon sonore, ou le dévisageaient comme un être venu d'un autre monde.

Jean-Claude remercia Wang et lui serra la main en franchissant la porte qui donnait dans le hall d'attente. Oui ! En quelques heures tout avait changé, il avait l'impression de se trouver sur une autre planète. La propreté ne semblait pas être la principale préoccupation du personnel de l'aéroport, il y avait bien des crachoirs mais la lumière qui filtrait difficilement au travers des grandes glaces poussiéreuses de la salle d'attente, témoignait d'une certaine négligence. Le mobilier était de mauvais goût et peu confortable. Jean-Claude pensa que si Chantal avait été là, elle n'aurait pas manqué de faire des commentaires peu flatteurs.

On embarqua dans un vieux tri-réacteur Trident, de fabrication anglaise qui devait assurer le vol sur Shanghai. Une fois encore, Jean-Claude remarqua qu'en dépit de la chaleur qui régnait maintenant dans l'avion, les Chinois ne prenaient même la peine de se mettre à l'aise. L'appareil décolla sans que le personnel de bord ne s'assure que les passagers aient attaché leur ceinture, cela était peut-être une sorte de gadget pour ces gens. Une hôtesse ridiculement affublée d'un tablier à dentelle sur une robe d'un bleu pétrole du plus mauvais effet passait dans l'allée centrale en distribuant aux passagers une tasse en porcelaine dans laquelle elle jetait quelques feuilles de thé vert. Brandissant haut un thermos d'eau bouillante elle en laissait tomber avec maîtrise une cascade d'eau fumante dans la tasse, à la grande satisfaction des passagers hilares. Jean-Claude refusa poliment ce traitement de faveur et accepta un gobelet d'orangeade dont le goût trop sucré lui fit regretter le whisky de la veille.

Au bout d'une heure et demie de vol, l'avion se posa au sol avec une violence inouïe. Jean-Claude crut un moment que le train d'atterrissage avait cassé sous le choc. Il n'en fut rien. L'avion était à peine posé que les passagers chinois se levaient déjà pour s'emparer brutalement des bagages qu'ils avaient entassés sans ménagement dans les compartiments, situés au-dessus de leurs têtes. L'avion roulait encore qu'ils se pressaient vers la porte de sortie. L'individu assis à ses côtés près du hublot voulut l'enjamber, mais Jean-Claude l'en dissuada en lui faisant comprendre que la foule qui se bousculait dans l'allée centrale ne permettait pas une telle manœuvre. "J'imagine mal Chantal dans cette pagaille" pensa gaiement Jean-Claude.

L'avion s'arrêta sur son aire de parking, la porte s'ouvrit et vomit une colonne de Chinois pressés d'aller récupérer leurs bagages.

- Bonjour Monsieur, je m'appelle Gue Tse Kiang, je suis votre interprète, lui dit le porteur d'une pancarte sur laquelle Jean-Claude avait lu son nom. Bienvenue à Shanghai. Vous avez fait un bon voyage, vous devez être fatigué, c'est loin Paris.

- Oui, vous avez raison, c'est loin Paris ! c'est très loin.

Puis s'apercevant que Gue ne saisissait pas bien le sens de cette réflexion, il continua :

- C'est gentil d'être venu me chercher, merci. Je ne suis pas trop fatigué, ça ira. C'est loin le centre ville, enfin... l'hôtel où je dois descendre ?

- Il faut compter une demi-heure, Monsieur.

Gue Tse Kiang était un homme dans la quarantaine, grand et mince, un regard vif et intelligent se cachait derrière des lunettes en écaille. Il avait une épaisse chevelure noire, plantée sur un front haut. Il parlait un français remarquable, presque sans accent. À l'instar de ses concitoyens il arborait une tenue Mao bleue, dont la veste était légèrement plus claire que le pantalon. Il était courtois et très chinoisement souriant.

- Vous parlez un excellent français, Monsieur Gue fit Jean-Claude.

- Merci, Monsieur, avant d'être interprète pour le compte des chantiers, j'enseignais votre belle langue à l'Université de Shanghai, répondit Gue.

- Ah, vous m'en direz tant ! En tout cas félicitations car vous savez, je ne sais même pas dire bonjour en chinois, je crois que votre langue est très difficile à apprendre pour nous.

- Très dure, Monsieur, mais vous parlerez bientôt chinois.

- Oh, là pas si vite, ça m'étonnerait.

La campagne chinoise défilait par les vitres de la voiture, c'était une Shanghai de couleur bleu pale dont les lignes rappelaient quelque modèle américain des années cinquante, quant au timbre du klaxon, il ne faisait aucun doute sur cette inspiration. La culture semblait être poussée au maximum, il n'y avait pas un pouce de terrain qui ne fût cultivé. Des champs de soja, de choux, des rizières ou des buffles pataugeaient, les pattes profondément enfoncées dans la vase. Jean-Claude crut reconnaître des vergers qui semblaient parfaitement entretenus, cependant la campagne offrait un paysage assez banal et plat, mais très vert. La route de l'aéroport, comme celle sur laquelle venait de s'engager la voiture était bordée de platanes artistiquement taillés en voûte.

Gue reprit la parole

- Monsieur Renard, vous voyez... juste de l'autre côté du carrefour que nous allons traverser, sur la droite, se trouve le consulat de France, là c'est celui des États-Unis.

La voiture franchit l'intersection et Jean-Claude aperçut le drapeau tricolore flotter en tête d'un haut mât derrière le mur d'enceinte. Il se sentit mieux, la vue des couleurs de son pays le requinqua. Au moins il y avait un représentant de la France sur place et il savait où il se trouvait. Il irait rendre visite au consul, pour s'en faire connaître, comme on le lui avait conseillé. La Shanghai emprunta une large avenue bordée elle aussi de hauts platanes. La circulation était très dense, le chauffeur devait slalomer parmi des cyclistes allant dans tous les sens, lui coupant la route en tendant le bras pour tourner, sans même regarder derrière eux. Des bus à soufflet, pétaradant, faisaient un bruit effroyable laissant derrière un épais nuage de fumée puante.

Les trolleybus étaient plus discrets mais les freins grinçaient horriblement lorsqu'ils s'arrêtaient, et les usagers chinois en descendaient ou s'y engouffraient sans égards.

- Nous sommes sur Huai Hai Zhong Lu, Monsieur, dans l'ancienne concession française et vous voyez, ces arbres sont des platanes, ils ont été importés par les Français, c'est pour cela que nous les appelons "les arbres français".

- Oui, vous avez raison, je l'ai lu quelque part, fit Jean-Claude.

- Nous voici arrivé, Monsieur Renard, nous sommes au Jing Jiang. Ce complexe immobilier a également été construit par les Français dans les années vingt.

Après les interminables formalités d'enregistrement, un réceptionniste invita Jean-Claude et Gue à le suivre dans un autre corps de bâtiment, situé à une cinquante de mètres de celui de la réception. Ils prirent un ascenseur qui les conduisit au dixième étage.

C'était ce que l'on pourrait appeler une suite, la chambre à coucher était spacieuse, une moquette rouge grenat en recouvrait le sol, et le mobilier, vraisemblablement d'époque, paraissait un peu ringard.

- Ça vous convient, Monsieur Renard ? fit Gue.

- Oui, merci, parfaitement.

- Je vous laisse maintenant, je reviendrai vous chercher demain matin à sept heures trente, pour vous conduire aux chantiers. Bonne nuit Monsieur Renard.

Resté seul, Jean-Claude entreprit de faire la découverte des lieux. La salle de bains était grande, le sol et les murs étaient en carreaux de mosaïque blanche avec un discret listel de séparation marron sur les murs. Une baignoire avec une pomme de douche murale, un lavabo surmonté d'une glace. Le tout était de style rétro mais assez confortable.

Jean-Claude eut la satisfaction de découvrir ce que, avec un peu d'imagination, on pouvait appeler une kitchenette en occident, équipée d'un petit réchaud au gaz de ville qui lui permettrait de préparer éventuellement son petit déjeuner, si le chinois ne lui convenait pas. Un réfrigérateur de petite taille. Deux casseroles, quelques tasses, assiettes, verres étaient rangés sur des étagères et dans un meuble de cuisine.

Il poussa une porte qui donnait accès à un petit salon. Un canapé et deux fauteuils de velours vert, une table basse en bois, un petit tapis bon marché, deux chaises en bois et un vieux poste radio composaient l'ensemble du mobilier.

"Bah ! ça n'est pas très luxueux, mais pour seulement dix mois, ça me suffira. À la guerre comme à la guerre. Évidemment pour Chantal, c'était quand même limite, admit-il. Passer dix mois dans ce décor, seule... sans le savoir elle avait anticipé assez clairement ce qui l'attendait."

Il prit une douche, et se changea, il mit une chemise et un pantalon sport. Il était maintenant dix-neuf heures trente. Après avoir repéré les lieux, il se proposa d'aller dîner au restaurant situé dans le bâtiment de la réception.

Il monta dans un des deux ascenseurs rapides qui le propulsa au quatorzième étage. La salle de restauration était vaste, elle pouvait facilement accueillir une centaine de personnes. Les tables étaient presque toutes de forme ronde, recouvertes de nappes blanches damassées. La salle était aux trois quarts remplie, en majeure partie par des expatriés. Une grande table ronde d'une douzaine de couverts arborait en son centre un petit drapeau japonais, Jean-Claude en conclut qu'elle était réservée à des représentants du pays du Soleil Levant, très nombreux dans la capitale industrielle de la Chine.

Il avisa une petite table carrée, pour deux personnes, discrètement placée le long d'un mur, il s'y installa. Un garçon s'amena vers lui, veste blanche, un peu fripée, pantalon bleu roi, il le salua en lui disant :

- English?

- No, French, répondit Jean-Claude.

- Ah! ah! fit le serveur en tournant les talons et en se dirigeant vers un autre serveur plus âgé que lui.

Ce dernier vint vers Jean-Claude la face illuminée d'un sourire bienveillant. L'homme avait un certain âge, il avait largement dépassé celui de la retraite, mais se tenait bien droit dans ces espadrilles noires. Il était petit mais encore très alerte.

- Bonsoir Monsieur, fit-il en s'adressant à Jean-Claude, vous venez de France, je parle un peu.

- Vous parlez sûrement mieux le français que moi le chinois, vous avez vécu en France?

- J'ai travaillé à bord des bateaux, les Messageries Maritimes, à Marseille, mais il y a longtemps vous savez. Je peux vous aider à commander votre repas, je suis serveur volontaire pour aider nos amis français.

- C'est très gentil à vous, Monsieur... comment puis-je vous appeler?

- Monsieur Tchen, s'il vous plaît.

- D'accord Monsieur Tchen. Nous aurons l'occasion de nous voir très souvent, je suis au Jing Jiang pour dix mois. Que me recommandez-vous de bon à manger ce soir. ?

- Vous savez Monsieur, la cuisine chinoise est la meilleure au monde, avec la cuisine française bien sûr, nous avons beaucoup de variétés de plats.

- Alors, que dois-je prendre à votre avis?

Tchen suggéra deux plats et une soupe. Il sortit un petit calepin de sa poche et griffonna des signes illisibles pour Jean-Claude, sur une feuille qu'il tendit à un autre serveur à qui il avait demandé de venir à la table.

- Bon appétit Monsieur, vous buvez du thé ou de la bière?

- De la bière de préférence, répondit Jean-Claude

- De la Tsintao, c'est la meilleure. Ah! Monsieur vous voyez là-bas, au fond de la salle près de la fenêtre, les trois personnes, le Monsieur grand, le plus âgé, c'est le Consul de France.

- Ah! très bien, merci beaucoup Monsieur Tchen.

Jean-Claude regarda dans la direction indiquée. Trois personnes étaient attablées autour d'une petite table ronde, un couple semblait discuter gaiement avec le représentant de la France.

8

Chantal monta en voiture et, sans perdre de temps démarra en direction du centre ville. Elle avait vu une très belle cravate et voulait l'offrir à Marc pour l'amadouer. Ces derniers temps il s'était montré quelque peu impatient avec elle. Il lui avait répété qu'il était hors de question qu'elle vienne à Nantes à l'improviste comme elle lui avait suggéré en lui demandant le double des clefs de son appartement.

Dans son for intérieur Marc s'en voulait d'avoir trompé son ami et cherchait un moyen pour tenir Chantal à distance, mais elle savait comment manœuvrer, et il s'avoua qu'il était un peu amoureux d'elle. Ils se revoyaient de temps à autre mais pas suffisamment au gré de Chantal, et elle s'en plaignait. Il descendait à La Baule moins souvent quand même. Frédéric et sa femme s'en étaient un peu étonnés, en revanche Hugues et Nathalie avaient compris que Marc voulait se démarquer de Chantal qui ne se gênait pas pour faire les yeux doux à son amant, en leur présence.

Jean-Claude écrivait assez régulièrement, sans vouloir inquiéter sa femme il lui avait décrit sa nouvelle vie et son travail qui l'intéressait beaucoup. Il disait à Chantal qu'elle lui manquait, que même si le luxe et l'absence de ses amis lui pesaient, l'expérience en valait la peine. Il essayait de lui faire comprendre qu'elle passait à côté de quelque chose d'important et lui demandait de venir le rejoindre, ne fusse que pour un mois.

Parfois mélancolique, il avouait s'ennuyer, il envisageait un nouveau départ dans leur vie, il se risqua même à écrire qu'il souhaitait avoir un enfant d'elle, à défaut en adopter un dans l'hypothèse où il serait confirmé que l'un d'eux était stérile, mais il concluait toujours avec une note optimiste. Chantal répondait de manière irrégulière, elle écrivait des banalités, évitant toujours de répondre aux questions ou aux suggestions de son mari. Elle parlait d'elle, de sa mère et du temps qu'il faisait sur la côte.

Après avoir rencontré le Consul de France, Jean-Claude avait demandé à Chantal de lui adresser son courrier par le biais de la valise diplomatique au quai d'Orsay. Il avait effectivement remarqué, comme l'avait avancé Didier, que son courrier était souvent ouvert. Le consul, avec qui Jean-Claude s'était lié d'amitié, lui avait suggéré d'adresser son courrier, sous double enveloppe et à son nom à lui, afin d'éviter ces mesquineries de la part de la poste chinoise.

De manière tout à fait informelle Jean-Claude bénéficiait ainsi de l'immunité diplomatique et avait beaucoup apprécié l'obligeance du représentant de la France.

Trois mois s'étaient maintenant écoulés. Chantal n'avait revu ses beaux-parents qu'une seule fois. C'était un samedi matin à Nantes. Les parents de Jean-Claude s'étaient rendus en centre ville pour y faire des emplettes, lorsqu'ils tombèrent nez à nez avec leur belle-fille qui leur dit être venue à Nantes pour acheter quelque chose qu'elle ne pouvait trouver à St-Nazaire.

La rencontre n'avait duré que quelques minutes, Chantal prétextant qu'elle avait dépassé le temps de stationnement imparti, et que de ce fait, elle risquait la contravention. Émilie, sa belle-mère ne fut pas dupe de cette histoire inventée de toutes pièces.

- Téléphonez-nous, Chantal, dit Charles, nous organiserons un déjeuner un jour, d'accord?

- D'accord avait-elle répondu avec son sourire enjôleur.

Elle aimait bien son beau-père. "C'est le moins con de tous" avait-elle lâché un jour à sa mère.

Chantal n'avait même pas tourner les talons qu'Émilie furieuse invectiva son mari.

- Non mais qu'est-ce qu'il t'arrive? Tu invites comme ça, sans me demander mon avis, tu t'imagines que je vais cuisiner pour cette petite peste?

Sûrement pas, tu l'inviteras au restaurant si tu veux. Non mais des fois !

Tous les samedis après-midi, par n'importe quel temps, Émilie et sa sœur Odile faisaient les magasins. C'était rituel et rien n'aurait pu les en empêcher.

Les deux bonnes femmes étaient à fouiner au rayon de la lingerie féminine, lorsque Émilie, tirant violemment sa sœur par la manche de son manteau lui lança :

- Regarde, tu vois ce que je vois, Odile ?

- Non, qu'y a-t-il ?

- Tu le fais exprès ou quoi, regarde à la parfumerie, là-bas, au stand Lancôme, tu la vois cette petite garce, avec un homme !

- Ah ! oui, je vois, fit Odile, tu as raison. Tu crois qu'ils sont ensemble ?

- Tu seras toujours aussi crédule, ma pauvre sœur ! Ah ! mais très bien, je le connais son type, eh ! oui, c'est Marc, Marc Lapierre le meilleur ami de Jean-Claude, le petit salaud ! Dire qu'ils étaient amis d'enfance, non mais regarde-la, Odile, comme elle se colle à lui ! Ah ! non pas de ça, je vais aller lui coller une paire de claques à cette petite saleté !

- Non surtout pas Émilie, tu es folle, te rends-tu compte du scandale que cela ferait ? Non, n'en fais rien. Nous les avons vus ensemble, je suis témoin de leur attitude, mais il te faut d'autres preuves.

- Tu as peut-être raison. Cela n'est pas suffisant. Attention, viens par ici vite, cachons-nous là derrière, ils viennent dans notre direction, dit Émilie, pâle de colère.

Le couple passa, insouciant, à une dizaine de mètres d'elles, sans les remarquer. Les deux sœurs se regardèrent satisfaites de leur constat mutuel.

- Suivons-les, suggéra Émilie.

- Ah ! écoute, est-ce réellement la peine ? Tu les as vus ensemble, ça ne te suffit pas ?

- C'est de l'honneur de mon fils dont il s'agit, Odile, de ton neveu, non ?

- Oui, tu as raison, mais ne te fâche pas, voyons, ménage ta santé, tu sais que ce n'est pas bon pour toi de t'énerver ainsi.

- Viens et arrête de pleurnicher, nous allons les suivre.

Chantal et Marc marchaient tranquillement dans la rue, la main dans la main. Ils s'arrêtèrent devant une boutique puis reprirent leur marche en direction du parking de la Tour de Bretagne. La filature des deux sœurs prit fin là. Émilie ne pouvait contenir sa colère et ne cessait de répéter : "La petite garce, faire ça à Jean-Claude, elle le paiera cher !"

Odile la quitta à l'arrêt du bus qui la ramènerait à Chantenay. Elle était très déçue par l'attitude de Chantal qu'elle prenait jusqu'alors pour une fille sérieuse. Elle n'aurait jamais imaginé ce scénario, pauvre Jean-Claude, il était si loin, sans défense.

Le lendemain matin Émilie ne paressa pas au lit.

- Je vais au marché Talensac, dit-elle à Charles.

- Déjà, mais il n'est pas encore huit heures.

- Oui, je sais, mais je vais passer d'abord au cimetière, sur la tombe de mes parents, répondit Émilie.

- D'accord, je ne serai peut-être pas là quand tu rentreras, je vais faire un tour sur les bords de l'Erdre. J'ai vu dans le journal qu'il y avait les éliminatoires pour les courses d'aviron de cet après-midi et de demain.

Émilie n'alla pas au cimetière, elle enfila les rues à un pas soutenu et arriva boulevard Michelet. Elle avait relevé l'adresse de Marc dans l'annuaire téléphonique. Pendant la nuit, elle s'était réveillée comme d'habitude vers trois heures. Charles dormait d'un profond sommeil. Elle revit la scène de l'après-midi. Il n'était pas question que Chantal continuât impunément à tromper Jean-Claude, car elle avait la certitude maintenant qu'ils couchaient ensemble.

Elle le connaissait bien, Marc. Lorsque Jean-Claude allait au Lycée Clémenceau il n'avait qu'un seul vrai copain, Marc, en qui il avait une confiance absolue. Chacun avait choisi son parcours pour la vie, mais rien n'empêchait les amis de se voir le plus souvent possible.

Elle arriva à la hauteur du 121 devant la résidence "Acapulco" et n'eut aucun mal à reconnaître la Ford Fiesta, gris métallisé de Chantal.

"Et voilà, non seulement ils couchent ensemble, mais en plus elle dort sous son toit, la putain !"

Émilie était à court de souffle, son asthme la taraudait. Elle avala une pilule supposée la calmer Elle se détourna de la vue de la Ford, ç'en était trop, les larmes lui vinrent aux yeux, ses jambes la soutenaient avec peine, elle était au bord du malaise.

"Sois forte Émilie, bats-toi pour l'honneur de Jean-Claude !"

Petit à petit ses forces lui revinrent, elle repartit en direction du marché.

Charles n'était pas encore rentré, il était dix heures et demie. Émilie se dirigea vers le confiturier dans lequel son mari entreposait les boissons alcooliques, elle sortit la bouteille de Johnny Walker la déboucha et en but une longue gorgée.

Le déjeuner expédié, Émilie dit tout de go :

- Habille-toi Charles, sors la voiture, nous allons boulevard Michelet.

- Mais que se passe-t-il Émilie ? Je croyais que tu voulais regarder ton émission favorite du dimanche à la télé ?

- J'ai changé d'avis, il y a beaucoup plus important à faire Charles, l'heure n'est pas à la rigolade.

- Mais enfin tu commences à me plaire avec toutes tes histoires, je te trouve bien nerveuse aujourd'hui, c'est le Bordeaux qui fait son effet ?

- Imbécile !

- Pardon, que dis-tu, tu passes aux insultes à présent ?

- Tu m'as clairement entendue, j'ai dit imbécile. Prends la voiture nous allons boulevard Michelet et, si Dieu le veut, tu constateras de visu que ta putain de belle-fille chérie cocufie notre fils Jean-Claude avec son meilleur ami, Monsieur Marc Lapierre. Alors tu viens, maintenant, mon doux innocent ?

Charles était dubitatif. Émilie semblait tellement sûre d'elle qu'il ne sut quoi répondre. Elle n'était pas dans son état normal, elle avait liquidé trois verres de Bordeaux sans sourciller.

"Les emmerdes commencent j'en ai peur..."

Il fallut environ dix minutes à Charles pour arriver devant l'immeuble de Marc. La Ford Fiesta était toujours là !

- Tu reconnais la voiture de Madame Chantal Renard ?

- Oui, sans aucun doute possible, c'est bien elle, et après ?

- Après ? Monsieur Marc Lapierre habite cet immeuble et ta belle-fille est chez lui ! Odile et moi les avons vus ensemble aux Galeries Lafayette hier, main dans la main. Alors un dessin maintenant ?

- Non inutile mais... mais rien ne nous prouve qu'elle est là-haut, Émilie.

- Ben voyons, une simple coïncidence. Elle cherchait un parking et c'est le seul qu'elle ait trouvé dans tout Nantes un dimanche après-midi, c'est ça ta logique ou tu es le roi des cons ?

- Ah ! doucement, ne me parle pas sur ce ton, je te l'interdis, j'ignore ce que tu as aujourd'hui, mais je t'invite à te calmer, ça suffit ! Tu as peut-être raison, mais que faire ? Laisse-moi réfléchir, nous rentrons maintenant.

- Non, nous allons attendre ici, qu'elle sorte ou qu'ils sortent !

- Tu n'y penses pas, c'est de la folie, et si…

- Et si elle passe une deuxième nuit, c'est ce que tu penses ? pourquoi pas ! Nous attendrons jusqu'à vingt heures.

- Nous n'allons pas passer l'après-midi là, enfin Émilie, sois raisonnable

- Si, je regrette nous attendons ! Je te rappelle qu'il s'agit de l'honneur de ton fils !

Il était quinze heures trente lorsque Chantal sortit Elle leva la tête vers le haut de l'immeuble fit un signe de la main et envoya un baiser à Marc qui lui répondit du haut de son balcon.

Elle partit rapidement en donnant un léger coup de klaxon. Les parents de Jean-Claude baissèrent la tête lorsque la Ford de Chantal arriva à leur hauteur de leur voiture.

Rentrés chez eux, les parents de Jean-Claude boudèrent chacun de leur côté. Le lendemain au repas de midi, Charles qui avait réfléchi à la question au cours de sa promenade matinale décida d'aborder le sujet et proposa.

- Écoute Émilie, inutile de nous chamailler, Jean-Claude est assez grand pour, maintenant, savoir ce qu'il convient de faire. J'ai pensé un moment rencontrer Marc, mais cela est délicat. Il n'y a aucun flagrant délit d'adultère. Aller chez l'ami de son mari n'en est en tout cas pas un. Il pourrait toujours dire qu'elle est venue chercher un livre ou boire le café. Tu comprends nous sommes mal armés, nos arguments seraient tenus pour arbitraires et sans fondement. Si un privé les voyait entrer tous les deux dans un hôtel, peut-être cela tiendrait-il la route, mais cette méthode me répugne. Alors je vais me transformer en corbeau. J'en ai honte mais cela intriguera Marc, peut-être même Chantal, si, bien sûr, il lui en parle. Je vais confectionner un message évasif, mais qui ne le laissera pas indifférent, à l'aide de lettres et mots découpés dans le journal, je vais écrire un texte et le glisser sous enveloppe dans sa boîte aux lettres, maintenant que je sais où il habite. En gros voilà "Dites-lui de vous laisser tranquille, nous savons tout de vos petits rendez-vous"; tu vois un truc dans ce goût-là. C'est ambigu, le message peut venir de nous, comme de ses parents à elle. Il va se poser des questions et faire attention.

- Oui, tout cela n'est pas très courageux mais au moins, comme tu dis, l'anonymat créera un doute, d'accord. De mon côté je préviens Jean-Claude très discrètement, en ces termes : "Jean-Claude, nous avons récemment vu Chantal à Nantes, ce jour-là elle était très pressée et l'entretien a été bref, à ses dires sa voiture était mal garée. Depuis, nous l'avons revue, moi et Odile aux Galeries Lafayette elle était accompagnée d'une personne que tu connais, par discrétion nous n'avons pas osé les déranger. Ton père et moi l'avons revue ailleurs à Nantes."

Qu'en penses-tu Charles? Si avec ça il ne comprend pas! Aucun nom, mais à Nantes ni elle ni lui n'ont d'amis qu'ils ne leur soient pas communs. Ah! mon dieu! En arriver là, quelle horreur, et tout ça à cause de cette petite garce, de cette chienne en chaleur.

- Voyons Émilie, modère tes expressions quand même!

- Désolée, je ne trouve pas cela exagéré, bien au contraire, je pratique même l'euphémisme!

En rentrant chez lui le jeudi soir, Marc récupéra son courrier. Un magazine, une facture de France Telecom et une enveloppe sur laquelle figurait son nom. Il ne connaissait pas l'écriture, épaisse, légèrement penchée à gauche. Il ouvrit l'enveloppe et lut le message composé de lettres collées sur une feuille blanche. Charles en avait un peu modifié le texte.

"Il est temps d'arrêter! Dites-lui de vous laisser tranquille, nous savons tout sur vos agissements."

Merde, cela devait arriver tôt ou tard ! Qui cela peut-il bien être ? Ses parents ? Mais ils ne savent où je demeure, à moins qu'elle ne leur ait dit, mais pourquoi interviendraient-ils ? Les parents de Jean-Claude ? Eh bien sûr ! Ils habitent Nantes. Ils ont dû nous voir en ville. Ouais, sûrement ça ! bon, c'est pas très élégant comme méthode, mais ça a le mérite d'être discret. Ah ! putain, maintenant reste à savoir si sa mère, comment s'appelle-t-elle, ah ! oui Émilie, oui si Émilie ne va pas tout raconter à Jean-Claude. Pourtant on a fait gaffe. Pas assez faut croire ! Bon, eh bien malgré tout, cela va me permettre de lui dire de ne plus revenir à Nantes. Si c'est les parents de Jean-Claude, ils n'auront plus rien à dire, et cela me donnera la certitude que c'était bien eux. Si le corbac continue, alors c'est quelqu'un d'autre, mais alors qui ? Je ne vois pas !

Il va falloir se voir à La Baule, mais là c'est moi qui déciderai quand y aller, et j'irai quand je le voudrai, donc cela me donne l'occasion d'espacer nos rencontres. À tout prendre ce message m'est presque salutaire ! conclut Marc.

Il décrocha le téléphone, appela Chantal et lui lut le message. La réaction ne fut pas celle qu'il attendait.

- Tu parles, c'est des conneries, on ne va pas s'arrêter à ça mon chéri. Et si c'était du bidon ?

- Comment du bidon, je ne comprends pas, tu veux le voir ce message, tu crois que c'est moi qui me le suis envoyé? C'est toute la confiance que tu m'accordes? Merci! En attendant, ma porte t'est désormais interdite, je ne veux plus te voir boulevard Michelet, autrement je me fâcherai pour de bon, Chantal. C'est tout pour le moment.

Il raccrocha brutalement.

Elle n'avait pas eu le temps de faire d'autres commentaires et, de colère elle balaya tout ce qui se trouvait sur la tablette du téléphone. Elle hurla de rage et se cachant le visage dans les mains elle se mit à pleurer longuement. Lorsqu'elle reprit ses sens, elle essaya de comprendre le texte du message reçu par Marc.

"C'est sûrement une idée de cette vieille connasse, j'en suis certaine, mais lorsque je les ai rencontrés, j'étais seule, à moins qu'ils nous aient vus en ville avec Marc. Possible, mais on marchait côte à côte, c'est vrai je lui donnais la main, mais quel mal à cela, ce geste peut être interprété pour de l'amitié, il m'appelle bien petite sœur devant Jean-Claude, ouais, c'est la vieille, est-ce que je dois lui téléphoner? Non! idiot, le message ne m'était pas destiné, je me vendrais. Si je ne retourne pas à Nantes et que le corbeau continue, c'est signe que ce n'est pas elle, c'est clair. Donc je vais faire croire à Marc qu'il a gagné. Si ça persiste, alors c'est quelqu'un d'autre qui est vachement au courant. C'est pas les copains, même s'ils savaient ils ne se mêleraient pas de ça. Papa? Tiens pourquoi pas, il aime bien Jean-Claude et il ferait cela pour sauver notre ménage, c'est gentil, mais occupe-toi de ce qui te regarde papa ! Maman ? Non, je crois que si elle avait pu tromper son mari elle l'aurait fait, question de courage, non ce n'est pas elle au contraire, elle m'envierait peut-être même. Irène ? Non, elle a des œillères, elle se fout complètement de ces choses, c'est trop matériel pour Madame, alors qui ? merde enfin ! C'est quand même pas Jean-Claude qui m'a foutu un privé aux trousses ! J'en ai marre de toutes ces manigances ! Mon dieu que je suis malheureuse !"

9

Jean-Claude avait passé une excellente soirée chez le consul qui l'avait invité à l'occasion du passage de parlementaires français en visite officielle à Shanghai.

Bernard avait réuni une bonne soixantaine de personnes dans les salons de l'immeuble consulaire. Outre les parlementaires français et leurs homologues chinois, il avait invité les professeurs et les étudiants français de Shanghai et quelques collègues américains et allemands.

Comme d'habitude les Chinois s'étaient amenés cinq bonnes minutes avant l'heure. Un minibus les avait débarqués dans la cour d'honneur et, responsable en tête, ils étaient rentrés comme un seul homme dans les salons. Bernard prévenu par Henri, son vice-consul, avait déboulé en toute hâte pour les accueillir. À chaque fois c'était la même chose, les Chinois semblaient venir uniquement dans le but de s'empiffrer des mets préparés par Tsaï le cuisinier du consul, et vider des quantités de verres d'orangeade, rares étaient ceux qui buvaient de l'alcool. Contrairement à ce qu'il était attendu d'eux, ils restaient dans leur coin et ne cherchaient guère à parler avec les autres invités, sauf ceux qu'ils connaissaient. Une fois rassasiés, la panse bien remplie, ils repartaient tout comme ils étaient venus, dans un concert de ah, ah, ah. Jean-Claude s'en était étonné la première fois mais voyant Bernard rester stoïque, il en avait déduit que cela devait faire partie de leur éducation, de leur façon de vivre.

Les invités partis, les deux hommes restaient souvent seuls à boire un dernier verre ensemble. Tous deux avaient un léger penchant pour le whisky et au bout du troisième ils se laissaient aller à certaines confidences.

La femme de Bernard était japonaise, grande belle fille aux traits fins et réguliers comme en témoignait la photo que Bernard avait mise en évidence sur un meuble dans le salon. Après une enquête serrée, les parents de Yaho avaient accepté que leur fille unique épousât un étranger. Le mariage avait eu lieu à Tokyo à l'époque où Bernard était en poste à l'Ambassade. Elle l'avait évidemment suivi à Paris, ville dont elle était follement tombée amoureuse, à telle enseigne qu'elle la préféra à Brasilia lorsque son mari y fut affecté après son séjour parisien. Un jour, Yaho décréta qu'une fois pour toutes elle ne vivrait avec Bernard qu'à Paris ou Tokyo, nulle part ailleurs. Elle acceptait, cependant, de venir passer quelques jours, de temps en temps dans le pays d'affectation de son époux. Bernard était un brave type, très généreux, accueillant tout le monde, invitant même parfois à sa table ceux qui n'y avaient pas leur place. Mais était-ce pour sa réputation, par pure gentillesse ou plus simplement parce qu'il était souvent seul? En tout état de cause il conviait le plus grand nombre possible de personnes et aussi souvent qu'il le pouvait.

Ainsi notre consul avait-il trouvé en Jean-Claude un ami qu'il invitait régulièrement à ses dîners. Ce dernier avait fait part du refus de Chantal de le suivre à Shanghai. Il sut rapidement que Bernard serait l'homme apte à le comprendre et à le soutenir moralement. Parfois Bernard descendait à l'improviste au restaurant de l'hôtel Jing Jiang, il était sûr d'y trouver Jean-Claude, seul à une table où en conversation avec le vieux Tchen.

Ils dînaient ensemble et ensuite prenaient un taxi qui les emmenait en bas de Yenan Lu, au tout début du Bund qu'ils remontaient tranquillement en se faufilant au milieu de la foule bruyante qui se bousculait sur la célèbre promenade des bords de la rivière Wangpu.

Il leur fallait parfois parler fort pour s'entendre car au bruit des vociférations des promeneurs, s'ajoutaient ceux de la circulation des autobus, des taxis usant à l'excès de leurs klaxons, et des puissantes sirènes de bateaux de toutes tailles naviguant en tous sens dans les ténèbres portuaires. La remontée du

Bund leur prenait une bonne vingtaine de minutes, parfois les deux hommes s'arrêtaient pour regarder le spectacle insolite des adeptes du Taï Chi Chuan pratiquer leur gymnastique devant une foule de badauds.

Ils atterrissaient immanquablement au bar du Peace Hotel situé dans la rue de Nankin. Vestige des années d'occupation coloniale, l'hôtel était bâti sur l'ancienne concession britannique. De construction très moderne pour l'époque, l'établissement paraissait, aujourd'hui, désuet et mal entretenu. Le personnel qui y était employé, n'était pas qualifié, et le service, tant au restaurant qu'au bar ou dans les étages, laissait beaucoup à désirer.

La presque totalité des consommateurs se composait d'expatriés qui engloutissaient quantité de bouteilles de Tsintao, seule bière buvable de fabrication chinoise. Tous écoutaient, religieusement, l'orchestre interpréter du Glenn Miller. Bernard dit un jour à Jean-Claude que le plus âgé des sept exécutants de l'ensemble avait quatre-vingt-six ans et le plus jeune soixante. Mao ayant chassé tous les étrangers du pays, les seules partitions de musique les plus récentes qui avaient pu être sauvées étaient celles de ce musicien américain disparu au-dessus de la Manche lors d'une mission aérienne vers l'Allemagne.

- Jean-Claude bonsoir, ça va, que faites-vous samedi prochain ? Rien, parfait. Écoutez, j'ai Henri, mon vice-consul, vous le connaissez, qui m'a suggéré de m'emmener au lac Jin Shan Hu, c'est à environ soixante kilomètres au nord-ouest de Shanghai. Il m'a parlé de ce lac près duquel les Chinois sont en train de construire la réplique du Pavillon Rouge de Pékin. Il paraît que ce chantier est littéralement pharaonique et plein d'intérêt. Il y a plusieurs centaines d'ouvriers sur le site qui travaillent comme des fourmis, pratiquement jour et nuit. Il y est allé il y a trois semaines, ça vaut le déplacement, vous voulez vous joindre à nous ? Tsaï nous préparera des sandwichs, cela est préférable car il est hors de question de manger sur place. D'abord parce qu'il n'y a rien, et d'autre part Henri, pour en avoir fait l'expérience, m'a fortement déconseillé de manger dans le village de Jin Shu. Alors qu'en pensez-vous ?

- Bien volontiers Bernard, merci d'avance d'avoir pensé à moi, c'est très gentil et remerciez Henri de ma part. Nous y allons comment ?

- Avec sa voiture, c'est lui qui conduit. Ne vous inquiétez pas, il connaît parfaitement la route, c'est un vieux briscard. Il nous montrera le village, il y est déjà allé à maintes reprises, ensuite nous irons sur les bords du lac voir les constructions et pique-niquer.

- Bon d'accord, vous me prenez au passage ou voulez-vous que je vienne au consulat ?

- Inutile, Henri vous prendra au Jing Jiang à neuf heures. C'est d'accord, on fait comme ça ?

- Oui merci Bernard, à samedi.

Henri connaissait très bien la route. Ils traversèrent le village de Tien Sin, situé à peu près à mi-route et obliquèrent à droite sur la route qui menait au lac. Pendant une dizaine de kilomètres, elle longeait un des nombreux canaux, creusés par la main de l'homme, qui servent aux Chinois à se transporter eux et leurs marchandises d'une ville à l'autre et à produire l'eau nécessaire à l'irrigation des millions de kilomètres carrés de rizières. Et il y en avait des rizières, partout ! Ce qui étonna Jean-Claude fut le nombre impressionnant de paysans, jeunes et vieux occupés à travailler dans la campagne. Les Chinois ne disposaient pas encore de ces énormes machines agricoles qu'on avait l'habitude de voir en Europe ou sur le continent nord-américain et qui avaient depuis longtemps remplacé l'homme. La fin de l'hiver était presque arrivée et, en ce dimanche de mars, les vitres de la voiture, légèrement baissées, laissaient entendre les slogans et les chants patriotiques diffusés à tue-tête par les haut-parleurs fixés au sommet de mâts plantés au beau milieu des champs et des rizières. La campagne était très verte et comme l'avait déjà constaté Jean-Claude dès son arrivée, il n'y avait pas un centimètre carré de sol arable qui ne fût cultivé. Même les fèves poussaient sur les bermes de la route.

De temps à autre, lorsque la route s'élevait un peu, on apercevait une vieille jonque aux voiles rapiécées qu'un faible vent poussait paresseusement sur l'eau dormante du canal. Les cyclistes étaient nombreux sur cette route, tirant leurs vélos lourdement chargés, ou roulant à trois de front. Certains, inconscients du danger, dirigeaient avec peine leur bicyclette sur laquelle toute la famille avait pris place, l'enfant sur le cadre et la femme sur le porte-bagages arrière. Jean-Claude s'amusa de ce paysan qui transportait une chèvre dans un panier fixé à l'arrière de son vélo. Pour faire avancer sa bicyclette, le malheureux pédalait en se penchant du côté opposé de son lourd et encombrant colis qui risquait à tout moment de lui faire perdre l'équilibre et tomber sur la chaussée. Il n'y a que dans un cirque que l'on pourrait voir un tel numéro, pensa Jean-Claude.

Henri klaxonnait sans cesse pour prévenir les cyclistes et les piétons qui ne se rangeaient qu'au tout dernier moment.

- Ils sont sourds ces Chinois, c'est pas possible !

Ici et là, un buffle d'eau attaché par les naseaux à une corde nouée autour d'un arbre broutait paisiblement l'herbe tendre et verte de la berme. Parfois une famille de canards se risquait à traverser la route en caquetant, le paysage était bucolique mais un tantinet triste.

Henri proposa de visiter le village de Jin She en premier, après quoi ils prendraient la route du lac.

Il était environ onze heures lorsqu'ils arrivèrent. Henri avait à peine stoppé sa voiture qu'une foule de badauds les encercla. Ils étaient, pour la plupart, misérablement fagotés dans des vêtements sans forme ni couleur. Des paysans de tous âges, femmes, hommes ou enfants la pommette haute et rouge sur un visage plat. De chaque côté d'un petit nez camus planté au milieu du visage, deux fentes abritant un regard noir et curieux dévisageaient sans hostilité les nouveaux arrivants, les "long-nez".

- Bon, regardez maintenant, dit Henri, la procession va commencer. Bernard vous êtes le curé de la paroisse, moi je suis le sacristain et vous Jean-Claude l'enfant de chœur. Allez en route mon père !

Les trois hommes entrèrent dans le village, suivis par la populace. Les ruelles étaient en terre, étroites et pleines de trous, il fallait éviter de patauger dans les flaques d'eau d'une pluie récente. De chaque côté, des boutiques, des échoppes ou des maisons qui dataient d'un autre siècle. La foule était dense, parfois un cycliste usant hystériquement du timbre de son vélo tentait de se frayer son chemin en faisant des prodiges de virtuosité pour ne pas tomber ou accrocher quelque piéton récalcitrant qui refusait de lui laisser le passage. Jin She sentait la misère, Shanghai n'était pourtant qu'à soixante kilomètres mais si loin à la fois. Jean-Claude fut convaincu qu'il faudrait encore de nombreuses décennies avant que la campagne se modernise et connaisse autre chose que l'immobilisme et l'ignorance dans lesquels le régime totalitaire de Pékin l'avait plongé.

Ils franchirent un petit pont en dos d'âne sous lequel à ce moment précis passait un chaland, dont les pétarades du vieux moteur poussif, se répercutaient le long des murs des bicoques construites au bord du canal.

Plus loin, une femme sans âge, utilisant une sorte de longue godille en bois, faisait glisser, sur les eaux limoneuses, une petite pinasse en ciment chargée à ras bord. Trois pas de côté, deux pas en avant, le tout accompagné d'un coup de poignet expert, déformé par ce pénible labeur. Coiffée d'un couvre-chef en tissu d'un bleu délavé dont la forme rappelait celle d'un livre ouvert posé à l'envers sur la tête, la pauvre vieille semblait avoir toute l'éternité devant elle pour rejoindre enfin son havre. Combien de milliers de fois devrait-elle encore user ses mains calleuses pour y parvenir ? se demanda Jean-Claude. La visite à Jin She avait eu pour but de lui montrer la petite bourgade inconnue des itinéraires touristiques qui se mettaient progressivement en place.

Au bout d'une vingtaine de minutes d'un parcours chaotique, Henri arriva à l'emplacement du Pavillon Rouge. Le chantier grouillait de centaines d'ouvriers, et Jean-Claude put constater, une fois de plus, comme c'était le cas aux chantiers navals de Shanghai, que les Chinois ne s'embarrassaient pas avec les mesures de sécurité. Des manœuvres portant de vieux vêtements usés jusqu'à la trame, certains, pieds nus, colportaient de lourdes pierres vers les murs en construction. Deux porteurs, un gros bambou et une solide corde semblaient le seul moyen de transport. Les ouvriers engageaient leurs pas sur des échafaudages faits de bambous et de planches qui pliaient sous le poids de la charge mais, miraculeusement, l'ensemble hommes et matériel tenait bon. Le ciment était amené sur place dans de petits tombereaux à deux roues que tiraient péniblement des malheureux, sur des dizaines de mètres, suant les dernières gouttes qui leur restaient dans un corps musclé mais pitoyablement maigre.

Henri qui s'était renseigné, dit à ses compagnons que le chantier durerait encore deux ans. Des routes seraient construites, des parkings aménagés. Des boutiques d'art et de tissus chinois ouvriraient leurs portes et des restaurants accueilleraient les touristes occidentaux et japonais à qui l'on ferait sûrement croire que cette construction datait de quelque empereur chinois, et venait juste d'être restaurée après la disparition de la fameuse "bande des quatre".

Ils s'installèrent sur les bords du lac Jin Shan Hu et, tout en discutant, commencèrent à manger les sandwichs préparés par Tsaï.

La ballade à Pékin avait été une véritable réussite et Jean-Claude en revint enchanté. Il avait pris à l'aller comme au retour un vieil Iliouchine. Un collègue polonais qui travaillait avec lui aux chantiers et qui était de la promenade lui fit part de ses inquiétudes en lui disant qu'il n'avait aucune confiance dans ce type d'avion.

Tout se passa pourtant très bien. Jean-Claude fut logé au Beijing Hotel dans le centre ville, non loin de la Place Tien An Men et de la Cité Interdite. Ils visitèrent le Temple du Ciel, celui de Confucius ainsi que le Temple des Cinq Pagodes, les Tombeaux Ming, ceux de l'Est et enfin la Grande Muraille que Jean-Claude tenait à visiter à tout prix. Comme un des guides parlait correctement français, il put suivre toutes les explications de manière très satisfaisante. Malheureusement les visites se faisaient un peu au pas de course et il fallait continuellement jouer des coudes pour se frayer un passage parmi les nombreux touristes américains qui, comme d'habitude, prenaient leurs aises pensant qu'ils étaient les seuls à avoir le droit de voir les différentes curiosités touristiques. Il y avait également beaucoup de Japonais, mais aussi des Italiens et des Français.

Jean-Claude fut très impressionné par la Grande Muraille de Badaling, située à environ quatre-vingts kilomètres de la capitale. Penser que des centaines de milliers d'hommes avaient perdu la vie à construire, dès le cinquième siècle avant Jésus-Christ et durant des siècles après, ce colossal rempart contre les invasions des barbares, le laissait interdit. Désormais, il pourrait faire sien le vieux proverbe chinois : "Qui n'est jamais allé sur la Grande Muraille n'est pas un brave".

C'est à la fois content mais aussi un peu triste qu'il regagna sa suite au Jing Jiang. Triste parce qu'en dépit de ses supplications, Chantal avait purement et simplement refusé de venir le rejoindre à Shanghai. L'amour pour son mari ne comptant pas à côté du stress invoqué pour ne pas faire le voyage. "Tant pis pour elle" conclut Jean-Claude.

Le samedi suivant il se rendit au consulat, Henri était allé chercher la valise à Pékin, le consul lui avait téléphoné pour l'informer qu'il y avait du courrier pour lui. Les deux hommes partagèrent un repas frugal que Tsaï avait préparé avant de partir, comme tous les samedis après-midi pour le Bureau des services.

Officiellement, les employés des différents consulats de la place, étaient supposés se rencontrer pour être informés des dernières nouvelles qu'ils n'avaient pas eu le temps de suivre en raison de leur travail chez les "amis étrangers". En réalité ces réunions servaient à relater aux autorités chinoises ce qui s'était passé durant la semaine chez leurs employeurs, étant entendu que chaque employé exerçait un rôle de surveillance, sinon d'espionnage.

Jean-Claude avait deux lettres à la valise, une de sa mère et une de Marc dont il reconnut l'écriture. Comme Madame sa mère racontait toujours un peu la même chose, il préféra lire celle de son ami en premier car il était resté sans nouvelles de lui depuis maintenant un certain temps. Après l'avoir lue entièrement, il décida de procéder à une seconde lecture pour mieux comprendre.

« Je reviens d'une mission de quinze jours à Sophia Antipolis, près de Cannes. La boîte m'a demandé d'aller en renfort là-bas car en ce moment le travail y est absolument dingue. Ce n'est pas pour rien que la presse compare l'endroit à la Silicone Valley californienne. C'est bien simple, je n'ai même pas eu le temps de descendre faire un tour de Croisette !

« À mon retour j'ai été reçu par le chef du personnel qui m'a proposé une affectation permanente à Valbonne. Après réflexion, j'ai accepté, pour de très nombreuses raisons. Je pars en fin de semaine. Je pense que quand tu liras cette lettre, je serai déjà sur place. J'hésite entre Cannes, Antibes et Grasse pour me loger, quoique la dernière nommée devrait me permettre de me trouver quelque chose de moins cher que sur la côte. Le village de Valbonne est superbe, très provençal et romantique mais il y a trop de touristes. Je te tiendrai au courant.

« Maintenant Jean-Claude, je dois t'avouer que ce départ n'est pas uniquement motivé par une promotion professionnelle. Je dois impérativement quitter Nantes en raison de la pression que je subis. Depuis ton départ, Chantal compte trop sur moi pour te remplacer ! Je n'en peux plus, et malgré tous mes efforts pour éviter le pire, l'irréparable est arrivé. Tu ne peux savoir combien je m'en veux, je te demande de me pardonner, je n'ai jamais cherché, bien au contraire à ce que cela se produise, mais un jour j'ai eu la faiblesse de lui ouvrir ma porte…

« Je t'en prie ne sois pas dur avec elle, réfléchis, tout le monde est un peu responsable de cette situation. Je ne veux pas te faire de reproches, j'ignore si ce qu'elle m'a dit est vrai, peut-être aurais-tu dû être plus près d'elle, je ne sais pas Jean-Claude. Mon vœu le plus cher est que tu comprennes que notre amitié doit passer avant tout. Elle nous a toujours réunis et la perdre me coûterait énormément.

« C'est mon éthique, ton honneur et quelque part le mien que j'essaye de défendre par ce geste. Chantal a besoin de beaucoup d'affection et d'attention, il ne m'appartient pas de me substituer à toi, j'ai perdu pied un moment, j'ai réagi et maintenant je ne veux plus retomber dans la spirale incontrôlable de l'adultère, j'ai trop d'amitié pour toi Jean-Claude, comprends et pardonne-moi. J'apprécierais une lettre de toi, n'hésite pas à être dur et franc avec moi. J'espère que tu surmonteras cet accident, je te fais confiance, je pense sincèrement que le safari que nous devions faire ensemble s'impose plus que jamais pour nous permettre de nous retrouver, d'avoir une explication franche et repartir sur des bases nouvelles. »

Jean-Claude avait clairement compris cette fois, Marc l'avait trompé avec Chantal. Il faisait son mea culpa, il semblait que ce fût à son corps défendant et qu'au bout d'un certain nombre de fois, il ait compris son erreur et tenté tout pour s'en amender. Possible, mais il y avait quand même des doutes dans son esprit. Il se souvint d'une certaine petite phrase lâchée par Chantal, au "Speak Easy" qui lui revenait maintenant en mémoire. N'avait-elle pas dit quelque chose comme : "Tu sais très bien ce que je veux dire". Cela prenait toute sa signification à présent. Alors ils couchaient déjà ensemble à ce moment-là ! si oui, Marc essayait de lui faire croire que sa trahison était postérieure à son départ en Chine, donc il mentait !

Peut-être ai-je été négligent, je n'ai pas dû la prendre suffisamment au sérieux, peut-être ai-je trop laissé à Marc le soin de s'en occuper. De guerre lasse, elle s'est rabattue sur lui ! C'est peut-être de ma faute tout cela, en tout cas l'attitude de Marc est ambiguë. Soit il se fout de ma gueule, soit il fait montre d'une honnêteté, d'une franchise hors du commun et avant de se tirer sur la pointe des pieds, il a le courage d'annoncer la couleur et demander pardon. Comment cela s'appelle-t-il ? de la connerie ou de la franchise ? Je prends la deuxième hypothèse, il veut partir, s'éloigner, quitter la région, aller vivre loin de ses parents, pour une histoire de cul, il faut quand même le faire.

En tout cas, Chantal allait se retrouver seule désormais pendant quatre mois, jusqu'à son retour.

Comment allait-elle réagir ? Eh bien on verra, affaire à suivre, Jean-Claude ne savait s'il devait en rire ou en pleurer.

Il ne fallait pas se laisser abattre, il but une gorgée de whisky et décacheta la lettre de sa mère qui commençait par les banalités d'usage. Le temps, ses douleurs et celles du père, puis brusquement, Émilie aborda un autre sujet.

« Tu vois Jean-Claude le vieil adage qui dit - loin des yeux, loin du coeur - pourrait être la devise de ta femme ». Ça commençait fort !

« J'ignore si les choses sont sérieuses. Nous l'avons rencontrée, ton père et moi, place Graslin, il y a trois semaines environ. Comme d'habitude ton père s'est montré aimable avec elle, mais prétextant du peu de temps dont elle disposait pour rejoindre sa voiture, soi-disant, mal garée, elle a filé comme une flèche. Il y a quinze jours, alors que j'étais aux Galeries Lafayette en compagnie de ta tante Odile, nous l'avons vue, escortée d'un homme de ta connaissance. Par discrétion je me suis cachée, mais le lendemain alors que nous nous promenions sur un boulevard nantais, nous l'avons vue sortir d'un immeuble et monter dans sa voiture garée juste devant. J'ai de gros doutes sur sa fidélité, mon petit Jean-Claude et cela me peine énormément. Ton absence semble lui avoir donné les ailes qu'elle n'osait pas déployer lorsque tu étais là. Je ne veux pas jouer les oiseaux de mauvais augure, mais je crois que la situation actuelle compromet l'avenir de votre couple. À vrai dire, je m'en doutais et m'en étais déjà ouvert à ton père qui, comme d'habitude m'avait donné tort ! Il ne comprend rien et ne voit rien dans ce domaine. Il me peine d'écrire ces lignes, mais garder cela pour moi serait de la complicité, voire de la lâcheté, je n'ai pas le droit d'avoir ce genre d'attitude envers mon fils chéri. Que comptes-tu faire maintenant que tu connais la vérité ? »

La totale ! pensa Jean-Claude, les emmerdes ça arrive par paquets. Ouais, que vais-je faire ? C'est clair, les lettres de maman et de Marc ne présentent aucune équivoque. Lui admet et se dénonce, elle dénonce et n'admet pas !

Elle avait dû quand même mettre la pression, la Chantal. Il se souvenait à présent du chantage qu'elle avait fait à ses parents pour l'épouser. Elle a le feu au cul, cette garce, et comme je ne suis pas là, évidemment elle donne libre cours à ses instincts. Bien sûr, ce sera elle la martyre, seule, elle n'aura pu résister, ce sera ma faute j'aurais dû rester auprès d'elle, ce n'était pas à elle de me suivre… il connaissait par cœur la litanie. C'était un peu du Yaho, encore qu'elle consentait à rendre visite à Bernard, de temps à autre, Chantal ? Niet ! La pauvre chérie a peur des avions mais pas des hommes en tout cas. Alors Jean-Claude, on fait quoi, maintenant ?

Maintenant ? mon bonhomme il faut te ressaisir. Tu es trop loin pour faire quoi que ce soit, dans l'immédiat, on va réfléchir. En rentrant j'aurai trouvé une solution, les choses se seront décantées. Marc ne sera plus là donc, de deux choses l'une, ou Chantal se calme, elle ne va quand même pas le suivre à Sophia, ou elle prend un autre mec. Dans ce cas dès que je reviens nous avons un enfant, ou je la lourde. Elle pourra aller jouer les mannequins dans sa boutique de mode entourée d'un tas de gus… mais sans mon argent ! Car le divorce sera prononcé à ses torts, pour adultère. Putain, je suis en train de me torturer l'esprit. Quelle heure est-il ? Déjà sept heures quarante, allez, c'est l'heure d'aller au Jing Jiang, Bernard doit m'y rejoindre à vingt heures.

10

Marc décida de descendre à La Baule pour faire ses adieux à ses amis qu'il avait invités au restaurant avant d'aller au "Speak Esasy" finir la soirée.

Il avait téléphoné à Chantal et lui avait annoncé la nouvelle de son départ pour Sophia Antipolis lui disant que sa société avait besoin sur place d'un cadre d'expérience pour diriger une équipe d'une vingtaine de personnes sur un projet bien spécifique. Il ne pouvait refuser et, tout en étant content de la confiance que lui témoignaient ses patrons, Marc dit à Chantal qu'il regrettait quand même de quitter ses parents, ses amis et sa région. C'était la vie et il n'y pouvait rien.

La réaction de Chantal fut d'abord de pleurer, puis reprenant assez rapidement le dessus elle lui dit :

- Je m'y attendais. Depuis le message du fameux corbeau, tu n'étais plus le même, tu as peur. Tu m'as chassée de Nantes comme on se débarrasse d'une pestiférée. En fait tu ne m'as jamais aimée, tu as saisis cette occasion pour rompre, tu es incapable d'aimer quelqu'un d'autre que toi-même, tu n'es qu'un vulgaire égoïste. Moi qui t'ai donné mon corps que tu désirais tant ! Tu es un salaud Marc, je te méprise, vas-y sur ta Côte d'Azur, tu trouveras sûrement une oreille compatissante parmi les putes de la Croisette. Mon dieu dire que je t'ai cédé !

- Arrête Chantal, tu sais très bien que je ne voulais pas coucher avec toi, pourquoi essayes-tu de mentir. Ne sois pas méchante avec moi, tu es et tu resteras toujours ma meilleure amie, la femme de Jean-Claude. Je crois que c'est mieux que je parte, nous n'avions aucun avenir ensemble, tu le sais. Alors cet éloignement nous sera salutaire à toi comme à moi. Je reviendrai de temps en temps sur la côte, nous nous reverrons, nous reprendrons nos relations comme avant. Ne nous quittons pas ennemis Chantal, je t'en prie.

- Suffit, tes pleurnicheries sont grotesques, tu n'es pas sincère, tu me méprises, tu as raison, pars, fous le camp ! Si tu descends samedi à La Baule, ne me cherche pas, je ne serai pas au "Speak". Adieu, dit-elle dans un sanglot.

Eh bien, voilà chose faite ! C'est vraiment moche de se quitter comme cela, mais dans un sens je préfère cette solution, je n'aurai plus rien à me reprocher.

Le samedi il revit ses amis, ils le quittèrent en lui souhaitant bonne chance, Nicole et Nathalie les larmes aux yeux l'embrassèrent, elles l'aimaient beaucoup. Sans poser de question ils comprirent le motif de l'absence de Chantal. Il leur promit de revenir dès qu'il en aurait l'occasion.

Chantal resta cloîtrée tout le samedi. Le lendemain dimanche, elle alla déjeuner chez ses parents et annonça le départ de Marc pour Sophia.

- C'est dommage, dit Yvette c'était un bon ami, Jean-Claude est au courant de son départ ?

- Je n'en sais rien, ce n'est pas moi qui le préviendrai en tout cas, ces messieurs sont comme cul et chemise, alors c'est à lui de prévenir son pauvre petit copain, pas à moi !

- Que te prend-il Chantal ? lui demanda son père. On dirait que tu lui en veux ? Enfin comprends, si ce garçon bénéficie d'une promotion, il aurait quand même tort de laisser passer cette chance. Au moins ça prouve sa valeur professionnelle.

- Tu crois ça ? Il laisse tomber ses parents, ses amis, tout ça pour qui ? Pour lui, oh ! c'est bien un vieux garçon celui-là encore, un égoïste, c'est tout ce qu'il est !

- Je ne suis pas d'accord avec toi et je pense que nous en avons assez discuté comme ça, lui répondit son père agacé.

Le lundi était le jour consacré par Madame à sa culture physique. Chantal se leva vers huit heures, prit son petit déjeuner puis enfila sa tenue de sport et décida de se rendre à pied à la salle de gymnastique. Elle arriva en même temps qu'Yann, un jeune homme qui était vendeur dans un magasin de prêt-à-porter pour hommes, situé avenue de la République. Athlétique, un solide mètre quatre-vingt-cinq, une belle gueule qu'un sourire franc et jovial illuminait, Yann venait tous les lundis matin faire de la musculation et avait déjà attiré le regard connaisseur de Chantal.

- Salut Yann, ça va, vous avez passé un bon dimanche ?

- Bonjour Chantal, oui merci, un dimanche en famille, nous avions la visite d'un cousin qui travaille pour le compte d'Elf au Gabon. Il nous a raconté des histoires intéressantes sur ce pays, et vous ?

- Bah, rien de terrible un dimanche de femme désespérément seule ! Mon mari est en Chine et nous avions un bon copain qui vient de partir sur la Côte d'Azur ; alors des week-ends comme ça, c'est plutôt tristounet non ?

- Ouais, j'imagine, il revient bientôt votre mari ?

- Non, il en a encore pour trois ou quatre mois, c'est long quand on est seule, je ne sais pas si je pourrai tenir le coup encore longtemps, toute seule c'est dur !

- Je m'en doute, allez on y va ? fit-il en ouvrant la porte à Chantal.

Chantal était dans un coin de la salle, elle observait Yann soulever les barres. Bien sûr elle l'avait remarqué auparavant mais aujourd'hui elle mettait plus d'insistance à regarder dans sa direction et, lorsque leurs regards se croisaient elle lui souriait gentiment, avec une certaine complicité. Elle savait qu'Yann ne passait qu'une heure à la salle ; pour sa part elle bénéficiait d'un abonnement différent qui lui permettait de pratiquer durant deux heures le lundi matin. Dès qu'Yann cessa ses activités, elle en fit autant et se dirigea vers les vestiaires pour femmes. Ils se retrouvèrent à la porte du gymnase juste en même temps, en fait Chantal l'avait légèrement devancé.

- Alors, en forme ? fit-elle. Je vous ai regardé pratiqué, vous êtes fort, quelle puissance !

Yann était de quelques années plus jeune qu'elle et les compliments d'une jolie femme comme Chantal ne pouvaient que flatter son ego, toujours assez sensible chez ceux qui pratiquent cette discipline. Il aimait se rendre sur la plage de La Baule et rouler du muscle en regardant innocemment la ligne d'horizon, voulant laisser supposer que ses contractions musculaires étaient absolument naturelles et sans arrière-pensée.

- Merci, répondit-il le plus modestement qu'il put, c'est le fruit de nombreuses heures de travail et de privations.

- Je m'en doute, mais quel beau fruit, on en mangerait, dit Chantal avec un petit air qu'elle voulait admiratif.

- Bonne journée, je reviens jeudi soir, et vous ?

- Moi, en dehors du lundi matin je n'ai pas de jour précis. Il m'arrive de venir à la salle le jeudi matin ou le vendredi soir. Oh ! il commence à pleuvoir, zut je suis à pied !

- Vous voulez que je vous raccompagne ? lui proposa Yann.

- Je ne veux pas abuser de votre gentillesse, mais si ça ne vous dérange pas, d'accord, j'habite une villa à Porcé.

- Ah ! alors pas de problème c'est presque sur ma route, moi mon appartement se trouve à La Vecquerie, ça ne me dérange pas au contraire, c'est avec plaisir.

- À gauche maintenant et ensuite la deuxième à droite, fit Chantal.

Yann arrêta sa Peugeot devant une belle villa qui se cachait derrière une haie de fusains fraîchement taillés.

- C'est là, merci Yann ; c'est gentil. À jeudi soir peut-être.

Elle lui déposa un petit baiser furtif sur la joue, sortit de la voiture et se retourna pour lui faire un signe de la main avant d'ouvrir le portail de la villa.

"Elle est pas mal la nénette, et j'ai l'impression qu'elle en veut, autrement elle ne m'aurait pas dit qu'elle s'emmerdait toute seule. Eh bien ma chérie, on va s'occuper de toi, ça tombe bien j'étais célibataire le week-end prochain. M'est avis qu'il doit y avoir des chevaux sous le capot !"

Chantal sortit de la douche, se sécha et se contempla nue dans la glace de la salle de bains.

"Tu vas plaire à Yann, ma fille, je sens ça ! Jeudi soir, non ça tombe bien je n'avais rien de prévu, maintenant... si ! De toute façon, je ne vais pas rester comme cela puisque Marc n'est plus là, tant pis."

Elle eut soudain un moment d'hésitation. "Chantal, Marc n'est parti que depuis samedi et déjà tu le remplaces, l'aimais-tu vraiment ? Oui, je l'aimais, je l'aime toujours, mais c'est de sa faute ce qui arrive, c'est lui qui me lâche, alors que vais-je faire pour oublier, même si ce n'est qu'une amourette de passage, de toute façon, il est beau gosse. Malheureusement il a l'air d'avoir l'intelligence dans les biceps, alors en attendant mieux, il fera l'affaire. Et puis il est jeune, il doit avoir besoin de cours particuliers, ce petit, on verra ça jeudi !"

Chantal retourna le jeudi soir et vit Yann, ils se firent la bise et après que chacun eut pratiqué ses exercices dans son coin ils se retrouvèrent à la sortie de la salle.

- Ça fait du bien, dit Yann, ça me creuse l'appétit, j'ai une faim de loup.

- Oui, c'est vrai, moi aussi. Vous dînez où d'habitude ?

- Ça dépend, je fais la cuisine moi-même, j'ai appris le métier mais j'ai laissé tomber, c'est trop contraignant, je n'ai jamais supporté de me faire engueuler par les chefs, surtout quand j'ai débuté en cuisine, on est toujours le souffre-douleur quand on est apprenti. J'ai trouvé un emploi de vendeur dans un magasin de prêt-à-porter, je suis plus libre et au moins je peux faire du sport. Le métier est plus agréable, on est toujours bien habillé, je préfère. Autrement quand je n'ai pas envie de faire la cuisine, je vais dans un petit restaurant de famille, la patronne fait elle-même la cuisine, c'est convivial, j'aime bien.

- On y va, je t'invite, dit Chantal, à moins que tu aies une copine là-bas ?

- Ben, c'est-à-dire que... oui, il y a des filles que je connais et avec qui je sors parfois...

- Ah ! d'accord, tant pis pour moi, je ne veux pas m'imposer, dit Chantal d'un petit air dépité.

- Ah ! non Chantal, vous ne vous imposez pas, c'est pas ça, mais les filles du restaurant...

- D'accord, j'ai compris. Tu as honte parce que je suis plus âgée qu'elles ?

- Sûrement pas, mais c'est des ouvrières, alors elles se croiront obligées de faire des commentaires après.

- Alors où veux-tu aller ? Tu connais d'autres restos ? Non, bon, eh bien, on va bien en trouver un par là, tu me suis. Nous sommes en tenue de sport alors on ne va pas aller dans un grand restaurant, du moins pas ce soir.

Yann suivit la Ford de Chantal. Elle s'arrêta rue d'Anjou, devant un restaurant. Ils allèrent s'asseoir dans un petit coin au fond de la pièce. Elle commanda une salade et un poisson; lui, opta pour une assiette anglaise suivie d'un steak frites. Chantal se demanda depuis combien de temps il n'avait pas mangé en le regardant engloutir le contenu de ses plats.

Ils parlèrent de choses et d'autres. Yann semblait être un gentil garçon, plein d'attention, mais en dehors de son sport favori, il n'avait pas grande conversation. Chantal en fut un peu déçue, mais il lui fallait un homme pour oublier Marc.

- Tu t'y connais un peu en électronique? lui demanda soudain Chantal.

- Non, pas trop, pourquoi?

- J'ai des ennuis avec mon magnétoscope. Il ne marche plus, je ne comprends pas pourquoi, je n'ai touché à rien. L'autre soir j'ai enregistré un film, ça semblait fonctionner normalement, mais maintenant il ne rembobine plus, j'ai beau appuyer sur toutes les touches de la commande, rien!

- Je peux voir ça, si vous voulez.

- On se tutoie Yann, je t'en prie, tu as peur de moi?

- Non, sûrement pas, c'est peut-être un peu de timidité.

- Quand même tu n'es pas un petit jeunot, je dois être guère plus âgée que toi, j'ai trente ans.

- Et moi vingt-huit, ça ne fait que deux ans, c'est peu. D'accord, si tu veux je peux jeter un œil sur ton magnéto et voir ce qu'il a.

- On prendra le café à la maison? Ok! Ah! non laisse Yann, je t'en prie laisse-moi l'addition c'est moi qui t'ai invité. Tu n'auras qu'à me cuisiner un de tes plats favoris... un jour.

Ils arrivèrent devant la villa de Chantal, il était maintenant vingt et une heures trente, et dans ce quartier résidentiel de St-Nazaire, les gens étaient presque tous derrière leur écran de télévision à regarder le film de la soirée.

- Mets-toi à l'aise, je passe dans ma chambre en faire autant, il fait bon dans la maison.

La prise de courant du magnétoscope était légèrement désengagée de son logement et Yann n'eut aucun mal à trouver la panne.

- Tu es extraordinaire, lui dit-elle.

Elle s'approcha de lui et lui tendit ses lèvres. Il ne put résister longtemps à Chantal qui se donna à lui avec un ineffable bonheur.

Ils se revirent à la salle et, bien sûr, chez Chantal, mais Yann, en dépit du confort de la villa, lui suggéra de venir dans son appartement, il s'y sentait plus à l'aise et plus maître de la situation. Chantal était une maîtresse délicate, experte, il n'avait jamais connu d'amours aussi raffinés. Elle était exigeante et ne se contentait pas d'une seule étreinte. Yann avait beau essayer de dire que cela n'était pas très compatible avec le sérieux qu'imposait la musculation, Chantal semblait n'en avoir cure. Ils sortaient très souvent ensemble et c'était toujours elle qui l'invitait, elle refusait de le laisser payer.

- Non mon chéri, garde tes sous, moi ce n'est pas pareil.

- Oui, mais j'ai l'impression que…

- Que quoi? que je t'entretiens, mais non mon chéri, ce n'est pas parce que je te fais un petit cadeau de temps en temps, que je t'invite au restaurant, que tu vas me faire ce genre de complexe, voyons Yann…

- Non, mais tu comprends, ça me gêne un peu.

- Tais-toi et aime-moi, lui répondait Chantal.

En fait, chacun essayait d'imposer sa volonté à l'autre.

11

Jean-Claude avait décidé de rentrer à pied de chez Bernard. La soirée avait été très agréable. Un journaliste d'un grand tabloïd français était la vedette de la soirée et avait régalé son auditoire d'aventures extraordinaires vécues en Iran, en Irak et dans d'autres pays de la planète.

Il regagnait lentement son hôtel en empruntant la Huai Hai Zhong Lu. Les grosses ampoules jaunes des lampadaires dispensaient un halo blafard autour duquel des nuées d'insectes s'agitaient en danses nerveuses. Les piétons se faisaient rares à cette heure tardive de la soirée. De temps à autre un trolleybus, dont la perche crachait des myriades d'étincelles passait, illuminé, bourré de voyageurs rentrant chez eux.

Il avait réfléchi, pendant une dizaine de jours à l'attitude qu'il devrait adopter. Il était revenu sur certaines décisions un peu trop radicales, hâtivement prises après le choc que lui avaient causé les courriers de sa mère et de Marc. Il n'en dirait rien à Chantal, il attendrait d'être en face d'elle pour s'expliquer. C'était maintenant clair, elle ne viendrait pas le rejoindre à Shanghai ; dans un sens cette attitude lui fournissait des arguments supplémentaires qui pourraient s'avérer utiles par la suite.

Il fallait rassurer sa mère, lui dire qu'il s'agissait peut-être d'une amourette passagère vraisemblablement due à son absence. Maintenant tout était rentré dans l'ordre, car le garçon en question avait accepté une affectation dans le sud de la France et de ce fait ne revoyait plus Chantal. Il demanderait à sa mère d'en rester là. Quant à son père, mystère. Il était également au courant de la liaison de sa belle-fille mais n'en disait mot dans ses lettres. Sa vie de fondé de pouvoirs à la succursale de la Banque de France à Nantes avait été linéaire, exemplaire et sans anicroches. Charles était diplomate, plus habitué à faire le dos rond qu'à affronter l'ennemi. Il laissait à sa femme Émilie le soin de mener la barque, elle le faisait bien, avec fermeté et ne s'en laissait pas conter facilement. Elle avait fait carrière aux RG, et la Maison avait un peu déteint sur elle. Il fallait qu'elle aille au bout des choses, qu'elle sache. Son mari lui disait parfois : "Tu en es où de ton enquête ?" C'était son caractère inquisitorial qui embarrassait les gens.

Dans le cas de Jean-Claude, il ne fallait lui faire aucun reproche, elle se mêlait de ce qui la regardait, elle en était convaincue. Il s'agissait de l'honneur de la famille et de l'avenir de son petit Jean-Claude.

Pour Marc c'était différent. Il avait envisagé la rupture, pure et simple, sans explications inutiles un mot bref qui dirait : "Tu es maintenant à Valbonne, très bien, restes-y. Adieu !" Cela éviterait toute polémique. Puis, au cours de quelques insomnies, il revivait leur jeunesse à tous les deux. Marc s'était toujours comporté comme le frère qu'il n'avait pas eu. Ne l'avait-il pas un jour protégé contre un individu ivre qui voulait le frapper? Marc n'avait pas hésité une seconde et avait envoyé son agresseur valdinguer sur les fesses. Et puis, tous les jeudis, gamins, ils jouaient ensemble et, lorsqu'ils furent adolescents c'est toujours ensemble qu'ils allèrent au cinéma et commencèrent à draguer leurs premières filles.

Non, cette faute que Marc avait eu le courage de dénoncer, était à la charge de Chantal. Elle l'avait coincé et avait profité de leur amitié pour arriver à ses fins. Il lui dirait combien à ses yeux cette affaire était ridicule, navrante et indigne de leur amitié. Il le chargerait quand même d'organiser le safari, comme le suggérait Marc, façon de lui renouveler sa confiance et de lui pardonner.

Il était maintenant trop tard pour aller boire un pot au Peace Hotel, et Jean-Claude décida de regagner sa chambre. Il ne restait guère plus de deux mois, il fallait les mettre à profit pour bien terminer son séjour chinois.

Il y avait longtemps qu'il n'avait pas entendu la voix des siens. Au début, il avait bien fait quelques tentatives, mais ce filet de voix au téléphone le frustrait, l'agaçait. Didier avait raison, d'ailleurs Bernard le lui avait confirmé par la suite, les conversations téléphoniques étaient sur écoute. Certes la communication aurait pu être meilleure mais les Chinois devaient bricoler un système bien à eux qui rendait tout entretien avec l'étranger quasiment inaudible. Il avait, une fois pour toutes, décidé de correspondre par écrit et, grâce au consul, par la valise. C'était plus long, mais beaucoup plus sûr.

Il ne prévint personne de sa date exacte de retour, simplement qu'il rentrerait début mai, sans aucune autre précision. Il avait décidé qu'il passerait par Hong-Kong. Au départ, cela ne figurait pas dans ses plans, mais Bernard, qui effectuait assez régulièrement des valises, lui avait dit tout le bien qu'il pensait de la colonie britannique. À son avis le détour en valait la peine et ne pas aller à Hong-Kong, alors qu'il en était si près, eut été dommage. C'était la cerise sur le gâteau.

Le départ approchait. Il fit modifier son billet de retour et décida donc d'aller passer trois jours de rêve. On lui avait réservé une chambre au Hong-Kong Hotel situé à Kowloon, non loin des embarcadères du Star Ferry dont les bateaux blancs et verts assuraient la navette entre l'île et le continent.

Bernard donna un dîner d'adieu en l'honneur de son ami Jean-Claude, et lui laissa le soin d'inviter les personnes de son choix.

Tsaï prépara son éternel rôti de porc et conclut par l'inévitable omelette norvégienne. Comme toujours l'ambiance fut sympathique, et un enseignant qui ne se plaisait pas trop à Shanghai, dit à Jean-Claude combien il avait de la chance de rentrer. Puis le lendemain matin, le consul, flanqué de Henri qui en était à sa quatrième année de séjour, emmena Jean-Claude à l'aéroport. Gue, son fidèle interprète était déjà arrivé en compagnie d'un responsable des chantiers venu tout exprès le saluer et le remercier de sa collaboration. Tous lui souhaitèrent un bon voyage et Jean-Claude, quelque peu ému par tous ces témoignages de sympathie, monta dans le bus qui allait l'emmener à l'avion. Il se retourna une dernière fois en souriant et leur fit un signe d'adieu de la main

Deux heures et demie de vol l'amenèrent à destination. Le Boeing 707 amorça sa descente. On l'avait prévenu, si l'avion atterrissait par la montagne, courage ! Ouvre bien grands les yeux, c'est effrayant, mais l'atterrissage est unique. L'avion frôlera les terrasses des immeubles de si près que tu pourras voir les gens dans leur appartement. Jean-Claude s'était vu octroyé, à sa grande satisfaction, un hublot du côté gauche de l'appareil. Il ne tarda pas à constater que ce qu'on lui avait dit était vrai. L'avion avait survolé la rade et s'était dirigé vers les montagnes des Nouveaux Territoires, puis brusquement avait basculé sur la droite et obliqué en direction de Kai Thak, l'aéroport de Hong-Kong. Le ventre de l'appareil lui sembla surfer sur les terrasses des immeubles et d'un seul coup, chuta de plusieurs dizaines de mètres, en quelques secondes le tarmac apparut et l'avion heurta le sol avec la même violence que le jour de l'arrivée à Pékin. Le Boeing roulait maintenant sur la piste que la mer bordait de chaque côté. Après un demi-tour parfaitement exécuté il se dirigea à allure réduite vers les bâtiments de l'aéroport.

Une fois la Police et la Douane passées, Jean-Claude se retrouva à l'extérieur de l'aéroport, sur le trottoir. Astucieusement les hôtels avaient disposé des pancartes indiquant leurs noms, il suffisait de lever les yeux pour repérer le sien et se diriger jusqu'à l'endroit où un réceptionniste attendait. La vérification de réservation faite, l'employé appelait une voiture sur son talkie-walkie, et en peu de temps une Mercédès arrivait et emmenait le client à destination. La course était gratuite puisqu'elle figurait sur la facture du séjour. Incontestablement l'accueil était de classe, le meilleur qui fut était toutefois réservé par le Peninsula qui envoyait une Rolls-Royce à sa clientèle.

La Mercédès traversa rapidement le quartier de l'aéroport que les Chinois appelaient avec une certaine crainte mêlée de dégoût "Kowloon City". C'était, lui avait-on dit, l'endroit le plus dangereux et le plus pervers de l'agglomération Hong-Kongaise, où maisons vétustes et crasseuses côtoyaient les tripots, les fumeries d'opium, les bordels infâmes et les bars où dealers de drogues et proxénètes régnaient et s'entretuaient. Après une demi-heure de trajet, la voiture s'arrêta devant l'entrée du "Hong-Kong Hotel".

Un jeune groom en gants blancs, fringuant dans un uniforme impeccablement blanc, bardé d'épaulettes et brandebourgs dorés, lui ouvrit la porte à tambour de l'hôtel pendant qu'un employé en pantalon et veston gris clair, prenait ses bagages. Jean-Claude fut invité à se présenter à l'accueil où, derrière le comptoir fraîchement ciré, quatre réceptionnistes hommes et femmes s'activaient tirés à quatre épingles, courtois et efficaces, parlant parfaitement anglais. Quelle différence avec les camarades employés du Jing Jiang ou du Peace Hotel, fagotés dans leurs uniformes ridiculement trop amples et bouchonnés, Jean-Claude ne put s'empêcher d'en faire la triste constatation.

Il lui était arrivé de descendre dans des hôtels en France, mis à part certains palaces, celui-ci n'avait rien de comparable avec ceux qu'ils avaient connus. Au rez-de-chaussée, où se situait la réception, juste en rentrant, à gauche, il y avait un night-club, "The Exotic" une belle bijouterie le jouxtait, en face une agence de voyage, un fleuriste et un salon de coiffure, au fond un restaurant genre self-service où des clients attardés prenaient un brunch. En France c'eut été au moins un quatre étoiles, ici c'était un hôtel de luxe parmi tant d'autres, sans compter ceux encore plus chics situés sur Victoria.

Il prit l'ascenseur qui l'emmena au dixième, sur le palier un garçon d'étage s'empara de ses valises et lui indiqua sa chambre. "C'est quand même autre chose qu'à Shanghai" se dit Jean-Claude. Il sortit le plan de Kowloon et y jeta un coup d'œil. Bernard lui avait beaucoup parlé de Nathan Road, la rue commerçante par excellence.

Il décida d'y aller faire un tour. Des fleuves de lumières multicolores coulaient des enseignes néon flashant en anglais ou en chinois le nom d'un magasin, la publicité d'un film, d'un restaurant ou l'attraction de quelque bar interlope. Une foule dense se pressait sur les trottoirs, touristes déambulant en faisant du lèche-vitrines, Chinois se dépêchant vers leur lieu de travail, leur domicile ou se rendant à un arrêt de bus proche. Devant certains magasins des vigiles indiens enturbannés, tenant fermement une batte de base-ball en main, en surveillaient l'entrée d'un œil noir. Les boutiques étaient si nombreuses et si fournies en équipement et en appareils que Jean-Claude ne savait quoi regarder. Il eut été embarrassé de faire un choix parmi tous ces appareils photos, caméras vidéo, magnétoscopes, postes de télévision, chaînes Hi-Fi et autres walkmans à la mode. Les vitrines des bijouteries regorgeaient de bijoux en or, de colliers de pierres précieuses, de perles, de bagues, et de bracelets. La richesse était partout étalée. Il y avait autant de banques que de bars ou de magasins de toutes sortes.

Bernard lui avait dit qu'il y avait dans Kowloon un excellent restaurant français qui s'appelait le "Trou Normand" et qu'il pouvait y aller manger en toute confiance. Jean-Claude décida donc de s'y rendre pour changer de cette "foutue cuisine chinoise qu'il avait bouffée" durant son séjour en Chine Populaire, il avait faim et, ce soir, il rêvait de faire un bon repas, bien français. Après avoir erré dans un dédale de rues toutes aussi commerçantes et bruyantes les unes que les autres, il finit par découvrir le restaurant et y pénétra. Le patron était un chef français marié à une anglaise, il fut content de savoir qu'on l'avait recommandé de Shanghai et offrit le pousse-café à Jean-Claude, qui avait donné libre cours à son appétit. Repu et satisfait il regagna son hôtel, non sans se faire racoler au passage devant les établissements spécialisés. Arrivé à la hauteur de la rue des Arcades un Chinois d'un certain âge vint discrètement à sa hauteur lui proposer les prestations d'un jeune garçon ou d'une petite fille. Quelque peu surpris et dégoûté Jean-Claude préféra aller plutôt boire un pot au night-club de l'hôtel.

Une jeune Chinoise, le corps moulé dans une robe fendue jusqu'à mi-cuisse, lui décocha un sourire accueillant, Jean-Claude y répondit aimablement et, tournant la tête, fixa son attention sur la musique rythmée et entraînante d'un quartet de musiciens philippins. Le Peace Hotel et ses exécutants qui s'escrimaient à jouer du Glenn Miller étaient loin déjà et semblaient quelque peu désuets. Hong-Kong était réellement autre chose, le rideau de bambous séparait vraiment les deux Chines.

Le lendemain matin, après un petit déjeuner "british" comme il les aimait, Jean-Claude décida de se rendre sur l'île de Hong-Kong, il descendit jusqu'aux embarcadères du Star Ferry et après avoir acheté un ticket il franchit le tourniquet et emprunta la passerelle qui l'amena au pont supérieur, réservé à la première classe, où les résidents britanniques, les touristes étrangers et les Chinois d'une certaine classe se retrouvaient. Les autres passagers, moins fortunés, s'entassaient tant bien que mal au pont inférieur.

Le ferry traversa la rade en une dizaine de minutes et accosta de l'autre côté. Jean-Claude suivit les passagers dont la plupart se pressaient vers leur lieu de travail. Il arriva au pied de la Hong-Kong & Shanghai Bank qui, du haut de ses cinquante étages, dominait la place d'où Jean-Claude la contemplait. Les rues de Victoria grouillaient d'une foule hétéroclite, employés tirés à quatre épingles, vêtus de pantalons clairs et de chemises blanches à manches courtes sur lesquelles se détachaient des cravates impeccablement nouées, tireurs de pousse-pousse en T-shirts de fraîcheurs différentes se reposant dans leur véhicule ou discutant par petits groupes, vendeurs assis sur de mini escabeaux négociant mille et une bricoles sur des étals branlants ou s'affairant dans des stands de journaux et magazines de toutes sortes, marchands ambulants proposant les derniers gadgets made in Hong-Kong.

La circulation était très dense, le parc automobile se composait de nombreuses voitures de marques japonaises, mais en fin de matinée, Jean-Claude estima qu'il avait vu davantage de Rolls-Royce dans les rues de Victoria que dans toute une année en France. Il continua à arpenter les rues, beaucoup de grandes marques françaises avaient pignon sur rue et les vitrines des boutiques de luxe se livraient une concurrence farouche. Les bus à impériale couverts de publicité tapageuse, louvoyaient, brinquebalant parmi les voitures ou les tramways d'un autre âge.

Bernard lui avait également conseillé de se rendre au Peak en empruntant le funiculaire, il pourrait y déjeuner et admirer toute la baie qui s'étalait du pied de la montagne jusqu'aux Nouveaux Territoires.

La vue valait le déplacement, un court instant il regretta l'absence de Chantal à ses côtés, puis il décida de l'oublier, elle n'en valait pas la peine.

Il redescendit à Victoria par un bus à impériale, il y monta au premier et prit place derrière le pare-brise. C'était impressionnant, nombreux étaient les virages en épingle à cheveux mais Jean-Claude se rassura, le conducteur chinois prenait les tournants avec une rare maîtrise. Le bus mit une demi-heure à revenir dans le centre ville, en empruntant les rues très pentues des quartiers résidentiels où de somptueuses villas étaient accrochées au flanc de la montagne.

Il se faisait tard, Jean-Claude traversa de nouveau la baie et rentra à son hôtel, ravit de sa balade sur l'île tant renommée. Il prit une douche, se changea et décida d'aller boire un verre au bar situé dans le hall de l'hôtel.

Attablé devant un scotch, il écoutait une musique d'ambiance que jouaient une demi-douzaine de musiciens. Il avait beaucoup marché depuis son arrivée et cette petite pause lui fit le plus grand bien. Puis, une fois reposé, il se proposa d'aller dîner, ensuite il aviserait.

La salle du restaurant était plongée dans une légère pénombre, sur chaque table de petits chandeliers dispensaient une lumière diaphane, le maître d'hôtel lui suggéra une petite table à deux couverts, face à la grande baie vitrée qui donnait sur la rade, avec en toile de fond l'île de Victoria.

L'activité portuaire était encore très importante à cette heure de la soirée. Les feux de navigation des cargos croisaient ceux des jonques, des ferries et d'une multitude de chalands lourdement chargés de containers et de marchandises de toutes sortes allant s'amateloter le long des navires en chargement. De l'autre côté, l'île scintillait de mille néons multicolores, la ville baignait dans une rivière de lumières partant du Peak et descendant des villas par grappes jusqu'au niveau de la mer où elle s'étalait sur toute la longueur de la côte. Le spectacle était féerique et Jean-Claude se félicita à nouveau de s'être arrêté dans cette région de Chine qui, dans quelque temps maintenant, passerait sous le joug de Pékin. La cuisine était bonne et il lui fit honneur. Des couples, en majorité des Occidentaux, dînaient silencieusement par tables de six ou huit couverts. L'atmosphère était paisible et feutrée et portait à la rêverie. Tout naturellement cette ambiance l'amena à penser au safari qu'il avait, plus que jamais, l'intention de faire en compagnie de Marc. Il prendrait deux semaines de vacances seulement au mois d'août et garderait le reliquat pour le voyage en Tanzanie, au mois d'octobre.

Il descendit à "l'Exotic" où il commanda un Chivas on the rocks, en écoutant les derniers tubes à la mode. La chanteuse philippine élégamment vêtue d'une robe en lamé interprétait, non sans talent, une chanson de Joe Cocker.

Ce soir serait le grand vol de retour sur Paris. Jean-Claude devait se présenter au comptoir d'Air France à partir de dix-huit heures. Il disposait de suffisamment de temps pour retourner une dernière fois à Victoria, revenir à l'hôtel pour déjeuner et aller dans Nathan Road acheter une caméra vidéo qui lui serait utile en Tanzanie. Il en avait repéré une qui lui convenait parfaitement et qui était très sensiblement moins chère que celle qu'il pourrait trouver en France.

Comme on le lui avait conseillé, il régla l'achat en dollars américains, astuce qui lui permit de négocier le prix à la baisse. "Surtout faites attention de ne pas payer avec votre carte bancaire, certains commerçants peu scrupuleux, s'éclipsent un instant dans leur arrière-boutique et prennent l'empreinte de votre carte pour un achat bidon" l'avait prévenu un enseignant à Shanghai, victime, à ses dires, de cette malhonnêteté.

Le taxi du Hong-Kong Hotel déposa Jean-Claude à l'aéroport de Kai Thak. L'enregistrement terminé, il passa dans la salle sous douane pour attendre patiemment l'heure du décollage du vol Air France qui l'emmènerait à Paris via Bangkok et Bombay, pour arriver vers six heures du matin dans la capitale.

Son périple en Chine était terminé, il n'avait pas vu le temps passer. En dix mois bien des choses avaient changé. Au plan professionnel ce séjour à Shanghai avait été très bénéfique, non seulement cela lui valait une promotion mais il avait pu aussi voir combien la façon de travailler des Chinois était différente de celle des Chantiers de l'Atlantique.

Le travail était incomparablement plus lent, plus archaïque qu'en France. Jamais les ouvriers français n'auraient accepté travailler dans les conditions chinoises. Aucune sécurité, pratiquement aucun temps de repos et des méthodes tellement rudimentaires que les "camarades" en auraient hurlé à l'esclavage.

Ici, dans le vrai régime, dont beaucoup de ses compatriotes rêvaient, on était employé pour travailler, rien d'autre. "Je serais curieux de les y voir nos représentants syndicaux" ne put s'empêcher de penser Jean-Claude.

Il y avait également eu ce bouleversement dans son ménage. Chantal le trompait, que ce soit avec Marc ou avec un autre, elle avait cassé le contrat, rien ne serait désormais plus comme avant. Lui pardonner à elle aussi ? Savait-elle qu'il était au courant de ses frasques ? Dans cette hypothèse quel serait son comportement, oserait-il la toucher ? Quelle serait sa réaction, à elle, qui avait connu d'autres caresses ? Allait-elle faire dans sa tête une sorte d'échelle des valeurs, des performances ? Beaucoup de choses à résoudre ! L'avenir de son union s'annonçait précaire.

L'annonce du vol apparut à l'écran, un haut-parleur la diffusa en anglais et en chinois. Jean-Claude prit son bagage à main et sa caméra vidéo et suivit les passagers qui embarquaient maintenant pour Paris.

12

- Quand rentre-t-il ton mari? demanda soudain Yann à Chantal qui revenait de la salle de bains.

- Je n'en sais trop rien à vrai dire! Je pense qu'il ne va pas tarder, la semaine prochaine peut-être, pourquoi cette question?

- Ben parce que, je sais pas, il va falloir arrêter non? Quand il sera là, on ne va pas continuer à se voir, si? Moi je pense que c'est dangereux, surtout pour toi! Tu comprends on ne pourra plus sortir comme ça le soir, aller au restaurant, ou toi venir ici, rester tard, ou passer la nuit. Alors je crois Chantal qu'il faudrait qu'on arrête, non? On ne peut pas continuer comme ça, tu es mariée, tu dois retourner avec lui...

- Tu as fini de dire ça! Tu n'as pas honte? Te rends-tu compte de ce que tu es en train de me dire, mais c'est pas vrai! Tu me prends pour qui, pour une poupée en caoutchouc dont on se débarrasse comme ça? Tu n'as aucun sentiment pour moi. L'amour que nous avons vécu ensemble, c'était quoi à ton avis? Pour meubler le temps? Tu t'imagines le mal que tu me fais en ce moment ? Mais je sais ce que je fais, si je couche avec toi, c'est parce que je t'aime, c'est pas pour autre chose.

- Arrête, ça suffit tes conneries maintenant ! Tu m'aimes autant que tu peux aimer le chien de ta voisine ! Tu me prends pour un con, tu crois que je ne vois rien à toutes tes manigances ? Tu avais besoin d'un mâle c'est tout ! Il y a longtemps qu'au travers de toutes tes salades j'ai compris que ton mari ne te donnait pas satisfaction et que tu avais trouvé son copain Marc pour t'envoyer en l'air, mais comme il en avait marre de toi, il est parti dès qu'il a pu. J'ai peut-être l'air d'un con à tes yeux mais désolé ne t'y trompe pas ! Tu parles trop ma fille. Moi, je ne veux pas d'emmerdes, je cherche une femme pour me marier, pas une femelle en chasse, pas une gonzesse hystérique qui a besoin de se faire sauter pour atteindre son nirvana. Tu prends tes fringues et tu te casses, compris ?

- C'est tout, ? dit Chantal, c'est tout ce que tu trouves à dire ? Tu vois, même le plus nul des éleveurs ne dirait pas ça à sa chienne qui s'est fait saillir par un bâtard ! Je te plains mon pauvre chéri. Il est vrai que ce que tu as dans le crâne ne te permettait pas de réfléchir longtemps. Tu crois que parce que tu frimes dans des costumes qui ne t'appartiennent même pas tu es le roi du pétrole ? Mais mon chou tu n'es qu'une petite merde ! Tu ne savais même pas comment faire jouir une femme et maintenant que tu ne fais plus pipi au lit tu la ramènes ? Oui bien sûr mon chéri, t'as de beaux biceps, une belle tablette de chocolat, des cuisses bien musclées mais tu sais mon chou, ça ne fait même pas le contre-poids avec le pois chiche qui te sert de cerveau ! Va, retourne avec tes ouvrières, ça c'est ton milieu, va leur montrer tes muscles, petit connard. Je croyais que tu serais capable de t'élever un peu à mon contact, mais le poids de ta connerie t'en empêche, ce n'est pas l'intelligence que tu respires, mon chou, c'est la naphtaline !

La réplique de Chantal déstabilisa complètement Yann. Au début il avait haussé le ton mais, maintenant, se voyant traiter avec autant de mépris le laissait sans voix. Il se tut et préféra éviter le pire. Il ne répondit rien et laissa Chantal s'habiller et quitter l'appartement.

- Allô Chantal ? Oui c'est moi Yann. Je te demande pardon, excuse-moi, j'ai pété les plombs l'autre soir. Il faut que l'on se revoie, on ne peut pas se quitter comme ça, c'est ma faute...

- Qui t'a dit qu'on allait se quitter, mon chou ? Tu fabules, tu ne prendrais pas des anabolisants par hasard ? Si c'est le cas, fais attention, ça donne de beaux muscles bidons, mais c'est de la drogue. Allez, viens je te retrouve ce soir au "Coq hardi", tu te souviens on y avait passé une très bonne soirée.

- D'accord, à quelle heure ?

- Vingt heures, comme d'hab, je t'embrasse, à ce soir.

Jean sortait d'un rendez-vous chez son ophtalmologue avenue de la République à St-Nazaire. Il avait garé sa voiture dans une rue adjacente et s'apprêtait à la rejoindre pour retourner à La Baule lorsqu'il s'arrêta soudain, interdit.

"Mais j'ai la berlue ou c'est Chantal ?" Il se frotta les yeux pensant que le collyre que lui avait administré le praticien lui troublait la vue à ce point. Non, c'était sa fille ! Elle venait d'embrasser sur la bouche, un homme avant que celui-ci ne rentre dans un magasin. Puis elle disparut rapidement sans se retourner. "Ce n'est pas diable possible, Chantal a un amant ?" Le pauvre Jean en était tout bouleversé, comment ? Sa fille profitait de l'absence de Jean-Claude pour fréquenter un autre homme ? La façon dont elle l'avait embrassé ne laissait aucun doute, on ne se laisse pas aller à de telles manifestations avec un ami, c'est impossible. Il avait toujours pensé que sa fille n'était pas sérieuse, quelle différence avec Irène ! Non, sa cadette était superficielle, égoïste, ne pensait qu'à son bien-être, sans voir plus loin. Il commençait à comprendre pourquoi elle n'avait pas voulu suivre Jean-Claude en Chine. Pauvre garçon, il était sincèrement peiné pour son beau-fils. C'était un homme gentil, très intelligent, il avait une merveilleuse situation, il aimait son métier et ses supérieurs connaissaient et appréciaient ses compétences, autrement ils ne l'auraient pas envoyé à Shanghai. Elle ? Sa fille, pas bonne à grand-chose en définitive, il en avait encore la preuve une fois de plus ! Des études très moyennes l'avaient amenée au bac, après une tentative à la fac, elle les avait tannés pour épouser un jeune ingénieur plein d'avenir, qui n'était autre que Jean-Claude. C'était quand même peut-être un peu de sa faute à lui aussi, il aurait dû être plus sévère avec sa fille, il avait essayé une fois de la réprimander mais sa mère avait piqué une telle colère contre lui, qu'il lui avait dit qu'elle serait désormais responsable de l'éducation de sa fille, il pouvait constater le résultat aujourd'hui ! "Non Chantal est spéciale, il ne faut pas la contrarier, elle est fragile, elle est sérieuse, bien sûr elle est jeune mais elle réussira dans la vie, je m'en porte garante". Jean se souvenait des belles paroles de sa femme. Bravo pour la réussite ! Après réflexion il finit par admettre qu'il avait manqué de fermeté.

Que faire ? En parler à qui ? Il se sentait mal à l'aise de garder ça pour lui. Yvette pousserait des hurlements. Il lui arrivait d'être d'une telle mauvaise foi que cela tournait à la bêtise. Le dire à Jean-Claude ? délicat. Pourquoi sa fille agissait-elle de la sorte ? Son mari lui en avait-il donné des raisons ? la boisson, le manque d'affection, les deux ? Quelle pourrait être la réaction de son beau-fils, apprécierait-il cette… délation ? Non, après tout il n'avait qu'à être plus vigilant, plus perspicace. En parler à Irène, oui, c'était la seule à qui il pourrait s'en ouvrir sans honte et sans arrière-pensée, mais quelle serait par contre sa réaction ? Elle connaissait bien sa sœur et s'en faisait respecter. De sœur à sœur l'explication serait plus facile. En tout cas il fallait faire quelque chose. Jean se refusait à garder cela pour lui seul.

Il se dirigea lentement vers sa voiture, son honneur en avait pris un coup, jamais il n'aurait pensé être témoin d'une telle chose au sein de sa propre famille. Déçu et attristé il regagna La Baule sans trop faire attention à ce qui se passait autour de lui, perdu dans ses réflexions. Un coup de klaxon intempestif le ramena sur terre.

- Ne t'en fais pas papa, c'est entre nous, je n'en parlerai pas à maman, je garde cela pour moi. Je comprends ta déception, mais il faut connaître tous les tenants et les aboutissants avant de juger. Je lui parlerai, ne t'inquiète pas. Je suis sûre qu'elle me dira tout. Peut-être a-t-elle des excuses, bien que je n'admette pas cette attitude non plus. Jean-Claude a sûrement sa part de responsabilités, il est quand même parfois à côté de ses pompes, comme on dit, surtout le samedi soir. Je ne cherche pas à blanchir Chantal, mais il n'y a qu'une fois que je lui aurai parlé que l'on pourra commencer à y voir clair.

- Tu peux lui dire que je l'ai vue, mais que je ne veux pas lui en parler, car si tu ne lui dis rien de précis, elle pourra croire que c'est une quelconque invention de ma part. En tout cas, qu'elle ait au moins le courage de ne pas nier les faits. Je l'ai vue, je ne peux pas me tromper. Elle portait sa veste de cuir rouge. Si elle refuse d'admettre, alors moi j'interviendrai quitte à la confondre en présence de Jean-Claude. Une erreur s'admet, peut se justifier, jamais se nier. Fais-lui bien comprendre cela ! Je te fais confiance Irène, surtout n'en parle pas à ta mère, cela tournerait à la catastrophe, tu la connais !

- Sois tranquille papa. Je vais lui téléphoner et lui donner rendez-vous. Au fait, tu sais quand Jean-Claude rentre ?

- Non, il n'en a touché mot à personne. J'y ai beaucoup réfléchi et tout me laisse supposer qu'il est au courant, ou qu'il se doute de quelque chose. Cette attitude n'est pas normale après dix mois d'absence. J'ai presque l'impression qu'il veut la prendre en défaut, et ça, c'est très moche. Alors je crois que le temps est compté. Merci Irène tu sais combien tu m'es chère.

Jean raccrocha, il sentait la tempête venir.

Irène appela sa sœur et lui demanda de passer la voir à son cabinet.

- Pour quelle raison, tu as quelque chose de particulier à me dire, vas-y, pourquoi tous ces secrets ?

- J'ai un truc personnel à te dire, je ne peux pas le faire au téléphone, c'est tout.

L'entrevue fut orageuse, Chantal nia tout en bloc. Son père s'était trompé, il vieillissait, elle n'avait jamais embrassé un homme dans la rue, il fabulait ou l'accusait à tort.

- Même si c'était vrai, en quoi cela vous regarde-t-il. Je suis majeure et libre de mes faits et gestes. J'estime n'avoir de comptes à rendre à personne. Vous m'espionnez maintenant, est-ce que je m'occupe de votre vie privée? Après tout tu es peut-être cocue ma pauvre Irène, tu ferais mieux de prendre soin de ta propre famille au lieu de vouloir détruire mon ménage. Et maman? Elle est au courant de vos manigances à tous les deux?

- Je ne sais pas, papa ne me l'a pas dit, je crois qu'il veut la tenir en dehors de cette affaire. Mais puisque tu nies, je ne vois pas l'utilité de la mettre au courant, cela la contrarierait beaucoup.

- Ça, c'est toi qui le dis. Je fais ce que je veux, mets-toi ça dans la tête et dis à Monsieur mon père d'en faire autant. Ça suffit comme ça. Ce que vous faites tous les deux est une honte.

Et, sur ces paroles, elle claqua la porte du bureau de sa sœur, sans autres commentaires.

Irène relata à son père son intervention décevante auprès de Chantal.

- Elle ne reconnaît pas les faits papa. Elle était très en colère et pense que tu l'as confondue avec une autre fille. Tu sais comme elle est. Écoute papa, laissons tomber, elle sait maintenant que nous sommes au courant de ses agissements, elle va peut-être réfléchir. Rien ne prouve qu'elle couche avec ce type, par ailleurs Jean-Claude va revenir bientôt, et tout devrait rentrer dans l'ordre, tu ne crois pas ?

- Possible Irène, je n'en sais rien, j'en suis moins sûr que toi.

- Oui, bonjour Irène, c'est Marc à l'appareil, ça va ?

- Bonjour Marc, alors cette vie sur la Côte d'Azur, ça se passe bien ? Je regarde la météo tous les jours, vous en avez de la chance, toujours du soleil, ici c'est la flotte, régulièrement, enfin tu connais. À part ça ? tu montes bientôt nous voir ?

- Dès que Jean-Claude sera de retour. Je pense qu'il me téléphonera.

- Oui, sûrement, tu voulais parler à Roger ? Il n'est pas là en ce moment, il assiste à un congrès de médecins à Paris et devrait revenir après-demain soir. Au fait, as-tu des nouvelles de Chantal de temps en temps ? Depuis le départ de son mari elle est devenue impossible, tu ne peux t'imaginer.

- Non, justement, j'ai appelé chez elle l'autre soir, vers vingt et une heures, personne n'a répondu, elle devait être absente.

- Tu sais papa est très en colère après elle. Il m'a dit l'avoir vue en compagnie d'un homme avenue de la République à St-Nazaire. Elle a nié les faits, on s'est disputées. Tu la crois capable de tromper Jean-Claude ?

Marc prit la question de plein fouet, il ressentit comme un violent coup de poing porté à l'estomac. Donc Chantal n'était pas la petite fille éplorée, follement amoureuse de lui, elle était bel et bien volage et, lui parti, elle n'avait pas attendu bien longtemps pour le remplacer. Dans un sens tant mieux, mais que répondre maintenant à Irène ? Il observa un long silence avant de dire :

- Tôt ou tard la vérité se sait, Irène, j'ai le mensonge en horreur, tu le sais et je dois t'avouer que j'ai eu la bêtise de lui céder.

- Mon dieu, tu veux me dire que toi et Chantal... pauvre Jean-Claude, tu as pensé au mal que ça lui fera lorsqu'il apprendra cela ?

- Il le sait ! Je lui ai écrit la vérité, je me sentais sale, je n'ai pu garder cela pour moi.

- Et qu'a-t-il répondu ?

- Rien jusqu'à ce jour. Il m'a simplement dit de m'occuper du safari que nous devions faire en octobre, c'est tout. Je ne sais pas ce qu'il en pense.

- Jean-Claude est un homme bon, s'il a pris la décision de ne pas annuler votre voyage, c'est qu'il t'a en partie pardonné, mais le pauvre ne mérite pas cela. Surtout pas d'elle. Il ne le fait pas voir, c'est vrai, mais je sais qu'elle compte beaucoup pour lui. Tu penses quand même aller en Tanzanie avec lui ?

- Oui, nous pourrons nous expliquer en tête à tête, loin de tous. Crois bien que je regrette cette folie, je lui ai demandé pardon, j'espère qu'il me l'accordera.

- Donc papa a bel et bien raison, maintenant c'est clair. Surtout n'en parle pas à maman. Qui, en dehors de Jean-Claude et moi, maintenant, est au courant ?

- Je crains que les parents de Jean-Claude le soient, ils ont dû nous voir ensemble à Nantes. J'ai reçu une lettre anonyme me conseillant d'arrêter. C'est pour cette raison, Irène, que j'ai décidé de partir de Nantes, je n'en pouvais plus avec Chantal, figure-toi qu'elle voulait venir habiter chez moi, alors lorsque ma société m'a proposé un poste à Antipolis, j'ai immédiatement accepté, j'ai compris que c'était ma planche de salut. En fait cette lettre est tombée juste à point pour me permettre de m'éloigner d'elle.

- Ce n'est vraiment pas beau tout cela Marc ! Mais je n'ai pas de morale à te faire, tu es célibataire, libre après tout. Je suis désolée d'apprendre tout ça. J'avoue que je crains le retour de Jean-Claude. Je te laisse Marc, merci pour ta franchise.

La journée au bureau avait été pénible, le rendement, toujours la même rengaine. Marc avait accepté de venir travailler à Antipolis mais boulot ou pas il était bien décidé à prendre ses vacances au mois d'octobre comme prévu pour faire le safari en compagnie de Jean-Claude.

En rentrant chez lui, le soir, rue Paul Cézanne à Grasse, son moral remonta soudain lorsqu'il vit qu'il avait une lettre de sa cousine Monique dans la boîte à lettres.

Elle s'était renseignée auprès des gérants du Ruaha River Lodge à Dar Es Salaam. Il n'y aurait aucun problème de réservation à cette époque de l'année car, contrairement aux autres parcs de Tanzanie, qui sont souvent inaccessibles à la saison des pluies, celui du Ruaha était ouvert toute l'année, et permettait ainsi une meilleure répartition de la clientèle.

Elle logerait Marc et son ami Jean-Claude, chez elle dans leur grande villa du quartier Msasani près du bord de mer. Bob, son mari, était tout à fait disposé à leur prêter son chauffeur et leur Toyota 4x4 pour se rendre dans le Ruaha. Elle conseillait à Marc de commencer leur périple par la visite de Zanzibar, lui recommandait de passer une nuit ou deux de préférence au Zanzibar Serena Inn. C'était un peu cher mais le luxe rétro de l'hôtel valait la peine d'y descendre. Il leur faudrait également visiter la Jozani Forest pour y découvrir les collections d'arbres de toutes essences et les singes Colobus rouges qui s'y abritent, et aussi faire un tour dans la mangrove et se promener sur la route des épices, sans manquer de visiter Stone Town. Pour se rendre sur l'île, ils avaient le choix entre l'avion ou les bateaux rapides de la Sea Star ou de la Sea Express qui prenaient deux heures environ pour effectuer la traversée. Elle lui déconseillait l'itinéraire classique emprunté par les tours opérateurs qui mènent les touristes de Arusha à Tarangyre en passant par Manyara et le Ngorongoro. Certes ce dernier site était un des plus intéressants de tous mais l'affluence était telle dans les "lodges" qu'on avait l'impression d'être dans un monde civilisé. En plus le confort et le luxe de ces hôtels ne cadraient pas avec les lieux pour qui voulait vivre une expérience plus africaine. Ils se sentiraient moins près de la nature qu'au Ruaha qui offrait de petits bungalows conçus pour coucher trois ou quatre personnes, disséminés dans la nature et juste au bord de la grande rivière.

C'était sublime, elle l'avait fait récemment avec Bob et des amis, et en était revenue enchantée.

Lors de son séjour à Dar, elle leur servirait de guide et ils visiteraient le marché aux sculptures en ébène de Mwengé et, s'ils avaient encore le temps ils iraient déjeuner à Bagamoyo.

Elle terminait sa lettre en lui recommandant de se procurer des dollars américains, seule monnaie étrangère que les Tanzaniens acceptaient de prendre.

Marc fut ravi du courrier, il adorait sa cousine. Une fille formidable, toujours disponible, toujours prête à rendre service. Elle était un tout petit peu plus âgée que lui et s'était mise en disponibilité pour élever ses deux enfants. Monique avait connu Robert à Londres, alors qu'elle effectuait un stage dans une succursale de banque française. Lui avait une très belle situation, il était chargé de mission pour le compte d'une ONG internationale et ensemble ils avaient déjà vécu en Inde et passé un court séjour au Nigéria. Ce dernier pays ne leur avait pas beaucoup plu, ils préféraient la côte est-africaine à celle de l'ouest, et plus particulièrement la Tanzanie où ils entamaient leur cinquième année.

Marc avait maintenant une grande partie des éléments pour entreprendre son voyage. Il lui faudrait aller à Nice chercher son visa de court séjour et se faire vacciner contre la fièvre jaune. "Très bien" se félicita-t-il, revigoré par la lettre de sa cousine.

13

Le Boeing 747 d'Air France se posa en douceur sur la piste de Roissy Charles de Gaulle. Le vol avait été long et pénible, mais s'était quand même bien passé dans l'ensemble. Jean-Claude avait sommeillé, s'était réveillé aux escales de Bangkok et Bombay, où une bonne cinquantaine de passagers étaient montés. La plupart étaient des Indiens, les femmes parées de leurs plus beaux saris multicolores portaient de nombreux bijoux ; en revanche les hommes étaient habillés de façon plus modestement occidentale. Non loin de lui, dans l'allée centrale, un jeune garçon assis aux côtés de sa mère qui venait de lui donner un petit sac en papier rempli de sambos graisseux, ne tarda pas à les engloutir voracement. Jean-Claude en eut presque la nausée, tant l'odeur de cari de ces beignets était forte. Il se demanda comment un enfant de cet âge pouvait manger une telle nourriture à une heure si avancée de la nuit. Derrière lui, une grosse Indienne n'arrêtait pas de remuer et, pour se soulever de son siège, elle s'accrochait à celui de Jean-Claude qui, agacé par ce manège, dut se retourner à plusieurs reprises, en la regardant d'un air méchant, pour qu'elle cesse enfin de s'agiter. Plusieurs rangées devant lui, un bébé pleurait dans les bras de sa mère. “Une Française, pensa Jean-Claude, qui avait cru bon de s'affubler d'un sari. Elle ne sait apparemment pas que la nuit il fait froid à bord des avions, autrement on ne donnerait pas de couvertures et le personnel de bord n'enfilerait pas un vêtement chaud. Elle n'a rien compris cette gourde et au lieu de jouer les Indiennes elle ferait mieux de réfléchir, au moins son rejeton arrêterait de pleurer et foutrait la paix au monde” se dit Jean-Claude.

- Vous n'avez pas faim Monsieur, vous êtes malade? lui demanda gentiment une hôtesse.

- Non, non pas du tout, mais j'évite de trop manger en avion, j'ai du mal à digérer par la suite, par contre je prendrais bien un scotch, s'il vous plaît.

- Bien sûr Monsieur, répondit la jeune femme avec un sourire très professionnel.

Il prit quand même son petit déjeuner car il n'avait rien mangé depuis le départ de Hong-Kong et la journée s'avérait longue. Il devait aller au siège social remettre un important dossier que lui avaient confié les chantiers de Shanghai.

Le passage aux différents contrôles s'effectua rapidement, Jean-Claude récupéra ses bagages et prit un taxi qui devait l'emmener à La Défense.

Il était quinze heures trente lorsque le chauffeur de sa société le déposa devant la gare Montparnasse.

"Voyons un peu les horaires..." Il regarda le panneau d'affichage électronique et vit qu'il avait un train à seize heures vingt-deux, il se rendit au guichet et prit son billet sur le TGV Paris-Le Croisic. Cela fait, il alla à la terrasse du bar ouvert dans le hall du premier étage et commanda une bière pression. Il avait déjeuné dans le quartier de La Défense avec un collègue de la direction et cette boisson serait la dernière avant d'arriver chez lui.

Le train partit à l'heure et gagna rapidement de la vitesse. En arrivant à la hauteur de Dourdan alors qu'on longeait l'autoroute, les automobiles semblaient faire du surplace. En deux petites heures le TGV Atlantique arriva en gare de Nantes, après un petit arrêt de trois minutes il redémarra en direction de Saint-Nazaire.

Jean-Claude prenait plaisir à redécouvrir ces paysages qui lui étaient familiers et auxquels il pensait parfois quand il en était si loin, là-bas en Chine. Les bords de la Loire étaient bucoliques à souhait avec ces troupeaux paissant tranquillement dans les pâturages verts de ce début mai. Le ciel était, pour une fois, dégagé de tout nuage. Dans les prés, marguerites et boutons d'or rivalisaient d'éclat, caressés par une brise légère, et leur floraison annonçait l'été prochain. Des passereaux s'envolaient peureusement à tire d'aile à l'approche du train, allant chercher refuge au creux des haies protectrices. De temps à autre Jean-Claude entrevoyait le fleuve dont l'eau se hâtait vers l'embouchure, pressée d'aller rejoindre l'océan après une course folle de plus de mille kilomètres. La raffinerie de Donges apparut soudain, dressant agressivement ses structures métalliques et ses tours d'où sortaient des nuages de fumée blanche qui polluaient la campagne environnante. Une odeur de gaz, nauséabonde envahit brutalement le compartiment puis s'estompa à mesure que le train s'éloignait. Sur la ligne d'horizon rougeoyante des rayons du soleil couchant, Jean-Claude aperçut les flèches et les haubans du pont de Saint-Nazaire se détachant telles d'immenses ombres chinoises. Il avait beaucoup vu de choses, vécu des moments fantastiques, inoubliables, connu d'intenses émotions, mais soudain son cœur se serra, il revenait chez lui et eut l'impression de l'enfant qui, enfin, retrouve les siens.

Un taxi l'amena devant sa villa de Porcé. Le soleil s'était maintenant retiré pour aller porter le jour à d'autres pays. Jean-Claude vit que sa demeure était plongée dans le noir le plus complet. Chantal n'était pas là. Bien sûr il ne l'avait pas prévenue de son retour, et il eut été injuste de lui reprocher son absence. Peut-être était-elle allée chez ses parents ou à son cours de gymnastique, peut-être était-elle tout simplement allée ailleurs.

Il entra et alluma toutes les lumières dans la maison. Cela lui faisait du bien d'être chez lui, il aurait préféré que sa femme fût présente, mais il voulait aussi savoir où elle en était de ses fredaines et eut un mauvais pressentiment. Marc n'était plus là, mais était-elle redevenue fidèle pour autant ?

Il ouvrit le réfrigérateur et se confectionna un petit sandwich au beurre et au fromage, alla dans l'arrière-cuisine et déboucha une bouteille de Beaujolais. Il était fatigué et cela lui suffirait pour ce soir. Demain, une fois reposé il se proposait de renouer avec une nourriture plus substantielle. Il alluma la télévision, c'était presque l'heure du journal télévisé et Jean-Claude se contenta d'attendre en regardant le programme qui le précédait. En l'espace de quelques heures, tout ce qu'il avait vécu durant ces dix derniers mois venait de disparaître. Il se retrouvait là, à la case départ comme si jamais rien ne s'était passé. La présentatrice du journal apparut à l'écran et débita, sur un ton monocorde, les derniers événements, entrecoupés d'images d'actualités et de commentaires de personnes interviewées. On parlait du mauvais temps, des attentats au Moyen-Orient et des menaces de grèves en France, rien de bien neuf conclut Jean-Claude. "Business as usual" comme disent les Chinois à Hong-Kong. La publicité succéda au journal et Chantal n'était toujours pas rentrée, il était vingt heures trente passées, si à vingt et une heures elle n'était pas là, il appellerait chez ses beaux-parents pour savoir si elle se trouvait chez eux.

- Allô, bonsoir, c'est Jean-Claude, je viens de rentrer, je n'ai pas prévenu Chantal, je voulais lui faire la surprise mais elle n'est pas à la maison. Elle n'est pas chez vous ? Ah ! bon ! Je pensais... oui bien sûr, j'aurais dû prévenir, mais à cette heure-ci je me demande où elle peut bien être. Bon, je vais attendre, vous l'avez vue aujourd'hui ? Non, bon je vous rappelle demain.

Jean-Claude raccrocha le téléphone soucieux et dubitatif à la fois.

- C'était Jean-Claude, il est rentré et Chantal n'était pas là !

- Il aurait quand même pu prévenir ; drôle de façon de revenir chez soi après une si longue absence, il exagère, tu ne trouves pas ?

- Il a peut-être de bonnes raisons pour ne pas prévenir, qui sait.

- Quoi ? de quoi parles-tu, explique-toi enfin, quelles raisons aurait-il de rentrer chez lui à l'improviste, tu penses qu'il trouverait Chantal dans les bras d'un autre homme peut-être ? Tu divagues.

- Non, je ne divague pas ma chère, mais tu trouves normal que Chantal ne soit pas chez elle à cette heure-ci ?

- Elle est peut-être allée au restaurant ou au cinéma avec une amie, elle doit s'ennuyer toute seule la pauvre.

- Oh non, ce n'est pas le genre à s'ennuyer toute seule, bien au contraire, si tu vois ce que je veux dire !

- Non désolée, je ne vois pas, je ne comprends pas tes insinuations, tu entoures tout de mystère.

- C'est ça Yvette, c'est ça, je ne vois pas clair vraisemblablement, je vieillis comme dit si bien Chantal !

Il était vingt-deux heures passées lorsque Chantal déboula dans Porcé, et arrêta sa voiture devant la villa illuminée.

- Ben, que se passe-t-il, il est rentré ?

Jean-Claude somnolait sur le canapé devant la télévision allumée.

Rapidement Chantal choisit d'adopter la surprise joyeuse plutôt que les griefs. Elle courut se changer dans la chambre et revint gentiment s'asseoir sur un pouf en face de son mari qui s'éveilla à cet instant.

- Mon chéri, quelle surprise, pourquoi ne m'as-tu pas prévenue, je serais allée te chercher. Oh ! mon chéri je suis si heureuse de te revoir, tu as faim, tu veux que je te prépare quelque chose ? Tu as soif, tu veux un scotch, ou plutôt non, tiens, attends je vais déboucher une demi-bouteille de champagne que l'on va boire à tous les deux…

- Où étais-tu ? Je suis arrivé à huit heures moins le quart, la maison était vide…

- J'étais à la gym avec… Sylvie, une nouvelle copine, ensuite on est allées manger un morceau en ville. Tu n'as pas répondu à ma question, que veux-tu que je te prépare ?

- Rien j'ai sommeil, je vais me coucher.

- Eh voilà, c'est gai les retrouvailles avec toi ! Enfin, je comprends, va te reposer mon chéri, moi aussi je suis crevée.

La vie reprit son cours normal comme avant. Jean-Claude faisait comme si de rien n'était. Il attendait le moment propice pour confondre sa femme. Il était un peu plus vigilant qu'avant son départ, et sentait Chantal sur ses gardes. Les semaines passèrent rapidement, la foule des vacanciers commençait à revenir, la circulation se faisait plus dense et les plages bauloises voyaient leur nombre d'adeptes venir plus nombreux au fil des jours.

Les virées tardives au Speak Esay reprirent avec les copains mais toutefois sans la présence de Marc, qui était maintenant permanent sur la Côte d'Azur. Il devait venir passer une semaine chez ses parents puis redescendre sur Grasse jusqu'à son départ pour le safari en compagnie de Jean-Claude.

Ils s'étaient parlés au téléphone. Marc en avait pris l'initiative, après tout, bien sûr il avait trompé la confiance de son ami, mais maintenant grâce à l'aveu d'Irène, il savait que Chantal avait récidivé et que s'il n'avait pas cédé à Nantes, rien désormais ne pouvait le convaincre qu'elle n'eût pas trompé son mari avec un autre homme. Ils avaient les coudées plus franches. Certes, il ne se sentait pas complètement dédouané à l'égard de Jean-Claude, mais il n'était pas le seul à avoir succombé à la tentation.

Dans ses conversations, Jean-Claude avait le même enthousiasme qu'avant, il blaguait toujours autant et ne semblait, apparemment, pas lui tenir rancune de son faux pas. C'est toutefois en sa présence qu'il pourrait une fois pour toutes s'en assurer.

Par contre Chantal avait changé à son égard. Le ton n'était plus le même. Elle était toujours sympathique avec lui, mais il la sentait gênée. Savait-elle que sa sœur l'avait mise au courant ? En tout cas elle le laissait tranquille maintenant, et c'était bien ainsi.

Les deux autres couples avaient pris leurs vacances au mois d'août et tous devaient se revoir à la fin du mois.

Yann était également parti en Espagne avec une copine du restaurant, sans toutefois le dire à Chantal. Elle lui avait demandé de rester à La Baule et de venir le retrouver tous les après-midi sur la plage Benoît. Rien n'y fit et elle en éprouva une colère profonde à constater qu'elle ne pouvait convaincre son jeune amant à céder.

Au début Chantal avait cru nécessaire de se donner à son mari comme si elle avait tant attendu ces moments. Mais Jean-Claude déjà peu porté sur la chose éprouvait énormément de difficultés à faire l'amour avec elle. Il savait que ses soupirs langoureux n'étaient qu'une mise en scène de circonstance et que d'autres avaient eu droit a des élans plus sincères. Il avait pensé aborder la question d'avoir un enfant puis avait reporté la démarche à plus tard. Il faudrait parler longuement avec Marc et à partir des conclusions de cette explication voir s'il devait poursuivre cette idée ou l'abandonner. Son amour pour Chantal n'était maintenant plus le même. Une fois il l'avait surprise alors qu'elle téléphonait à quelqu'un, elle avait immédiatement raccroché, prétextant que c'était un imbécile qui se trompait de numéro pour la deuxième fois. Jean-Claude avait éprouvé beaucoup de mal à se contenir.

Elle était libre, partait à la plage à La Baule quasiment tous les jours, mais Jean-Claude ne pouvait s'imaginer Chantal toute seule sur la plage. Lui interdire ? Elle crierait à l'esclavage en lui demandant s'il ne fallait pas qu'elle porte le tchador. Enfin, patience se disait-il, un jour ou l'autre il faudra bien que l'abcès crève. De toute manière il était convaincu que le temps travaillait en sa faveur.

Le soir de la rencontre était arrivé. Marc se présenta au Speak Easy le premier et regagna leur coin habituel où il décida d'attendre la venue des autres. Nathalie et Hugues entrèrent, suivis presque immédiatement par Frédéric et sa femme. La conversation roula sur les vacances qu'ils avaient passées les uns et les autres en Espagne et en Corse du côté de Corté à faire de la randonnée en montagne. Marc dit tout le bien qu'il pensait de Grasse, invita ses copains à venir le voir. Il se plaisait beaucoup, mais avoua qu'après un départ assez laborieux tant au travail qu'au plan du quotidien il était désormais habitué à la mentalité des gens totalement différente de celle de la région.

- Ah ! voilà les amoureux, lança bizarrement Nathalie.

- Qu'est-ce qui te fait dire cela ? demanda Frédéric

- Regarde un peu la tête de Chantal, ils ont dû s'engueuler.

Chantal portait une robe fourreau d'un blanc immaculé qui tranchait sur un bronzage croustillant. Ses cheveux blonds tombant sur ses épaules nues, ses yeux bleus et sa démarche de mannequin faisaient d'elle une fille irrésistiblement désirable.

Après les banalités d'usage et les compliments réciproques, Jean-Claude décida d'amener la conversation sur un autre terrain. Il avait déjà copieusement raconté ses péripéties chinoises et ne tenait pas trop à revenir là-dessus car Chantal manifestait à chaque fois une certaine impatience en les entendant.

- Tu nous as déjà dit ça trois fois, mon chou, tu ne peux pas changer s'il te plaît ?

- Mais, Chantal moi ça ne me lasse pas, figure-toi, intervint Frédéric, c'est très enrichissant au contraire. On ne peut pas toujours parler de La Baule et de ses "happenings".

- Bon continue mon chéri, c'est vrai tu nous passionnes, dit Chantal boudeuse.

- Minute, je change de sujet…

- Ah, enfin, dieu soit loué !

- Ok ! Marc l'autre jour tu m'as dit au téléphone que Monique t'avait tout expliqué et qu'elle nous attendait. Bon, la semaine prochaine, je vais me faire vacciner, j'ai envoyé le dossier et l'argent à l'Ambassade de Tanzanie à Paris pour obtenir le visa. Ils m'ont dit qu'il fallait compter environ trois semaines.

- Moi, j'ai tout déjà, j'ai fait un saut à l'aéroport de Nice pour me faire vacciner et au retour je me suis arrêté pour prendre mon visa chez le consul Honoraire de Tanzanie, pas loin de la Promenade des Anglais, il me l'a délivré tout de suite. Maintenant voilà, j'ai fait les réservations.

Marc sortit de sa poche un papier de l'Agence de voyage sur lequel figuraient les horaires, et le remit à Jean-Claude.

Alors comme tu vois c'est la compagnie Swissair qui assurera le voyage de bout en bout. Tu décolles le 10 octobre de Paris à 18 h 35 pour arriver à Zurich Kloten à 19 h 50, tu changes de terminal et tu viens me rejoindre au A, porte 72. J'arrive avant toi, donc je t'attendrais à la porte. Moi je pars de Nice à 18 h 05 et j'arrive à 19 h 25, sur Swissair également. Nous partons à 20 h 50 et arriverons à Dar le lendemain 12 à 7 h 30, heure locale. C'est un vol de nuit, on dîne à bord et on prendra le petit déjeuner avant d'arriver à

Nairobi où l'avion fera une escale technique d'un peu plus d'une heure. Pour le retour, j'ai fait le nécessaire, tout est en place. Comme je te l'ai dit, Monique a fait les réservations auprès des gérants et Robert nous prêtera son Toyota et son chauffeur pour nous rendre par la route là-bas. Il faut compter sept heures de trajet environ. Ça marche ?

- Ça marche, parfait, vieux. Il me tarde de partir. Quand j'étais à Hong-Kong j'ai fait l'acquisition d'une caméra vidéo, une Sony, c'est formidable, on pourra filmer. Est-ce que tu prévois un équipement particulier ?

- Oui, emmène des chaussures de sport, un jean ou un treillis, des chemisettes en coton, une casquette, des lunettes de soleil et un chapeau de brousse. Ne pas oublier une bombe aérosol contre les moustiques, une petite pharmacie, de l'aspirine, de l'Alka seltzer, n'oublions pas que là-bas c'est de la bouffe anglaise, mieux vaut être prudent. Quoi encore ? J'ai fait une liste complète de ce qu'il fallait emporter, je l'ai à Grasse. Je vais m'occuper de tout cela, ne t'inquiète pas. Ah ! oui, Sylvie m'a conseillé d'avoir un sifflet, ça peut servir, je ne sais pas à quoi ?

- À régler la circulation des éléphants non ? ironisa Chantal.

- Non, mais bon on verra, de toute façon j'en prends un avec moi.

- Vous avez de la chance quand même, dit Hugues.

- Oui, c'est vrai, renchérit Nathalie, nous, on s'est contentés d'aller traîner sur la Costa Brava...

- Ben, mes enfants à qui la faute ? On vous avait dit de venir avec nous, fit remarquer Jean-Claude.

- Non, c'est vrai. Vous nous direz si c'est bien, on s'y rendra peut-être à notre tour, mais en voyage organisé, je préfère. Moi l'aventure sur les routes de ces pays... on ne sait jamais comment ça finit. Et puis toi, tu as ta cousine sur place, c'est un gros avantage.

- Oui, c'est vrai. Ah ! j'oubliais, Monique m'a conseillé de commencer notre périple par la visite de Zanzibar, Stone Town, la route des épices, la forêt, zut j'ai oublié le nom. Il faudrait pour bien faire, a-t-elle ajouté, monter au nord de l'île pour voir les dauphins.

- Je croyais que vous alliez faire un safari en brousse, l'interrompit Chantal.

- Bien sûr mon chou, mais l'un n'empêche pas l'autre, si en plus on peut voir des dauphins dans l'Océan Indien, c'est merveilleux. Je te passerai le film puisque tu ne veux pas venir avec nous.

- Tu choisis toujours des endroits complètement tordus pour m'emmener en voyage, on dirait que tu le fais exprès.

- Mes amis prions pour Sainte Chantal, martyre éternelle, se moqua son mari.

Après cette soirée et quelques bons whiskies bien tassés, Jean-Claude retrouva intacte son amitié pour Marc.

Madame Renard était toujours aussi courroucée à l'égard de sa belle-fille et, lorsque Charles lui dit qu'il fallait l'inviter avec Jean-Claude à Nantes pour qu'il leur raconte son séjour en Chine, il déclencha un mini drame.

- Je n'ouvrirai pas ma porte à cette fille, non je ne peux pas me faire à l'idée de recevoir cette traînée chez moi. Tu les inviteras au restaurant dans ce cas, tu diras que je suis malade.

- Voyons, Émilie ce n'est pas sérieux, tu ne vas pas être malade pour le restant de tes jours, il faudra bien que Jean-Claude revienne à la maison, et on ne peut pas lui interdire de se faire accompagner de sa femme, si ? Il faut trouver quelque chose qui tienne debout, mais cette maladie chronique est ridicule, ils ne sont pas bêtes au point de croire cela.

- Dis-lui que nous voulons le voir personnellement, c'est tout ! S'il pose des questions, nous lui répondrons. Je te rappelle que nous ne sommes pas les seuls à savoir, avec un peu de chance Madame est peut-être au courant, son amant lui a peut-être fait part de ta lettre ?

- À moi de te rappeler que ma... lettre était anonyme et destinée au copain, il faudrait beaucoup de chance, comme tu dis, pour que Jean-Claude ou elle soient au courant. En tout cas tu es d'accord avec moi, il faut que l'on reçoive notre fils, nous n'avons rien à lui reprocher.

- Sûrement pas, invite-le seul, s'il veut des explications il les aura. Comment faire autrement ?
- D'accord, invite-le toi.
- Pourquoi moi ? Tu as peur de le faire toi-même ?
- Non, mais c'est toi qui imposes ces conditions, alors fais-le !

- Dis-moi Jean, notre beau-fils est rentré depuis maintenant quinze jours et nous ne l'avons pas encore invité à venir à la maison pour nous raconter son séjour en Chine, ce n'est pas très chic, qu'en penses-tu ? Il faut absolument le faire, pauvre garçon, il doit mourir d'envie de nous en parler. Tu les invites pour dimanche prochain ?
- Fais-le toi-même.
- Pardon ? Tu ne veux pas voir Jean-Claude et ta fille ?
- Laquelle de mes filles, la sérieuse ou la coureuse ?
- Tu es devenu fou, quel est ce langage, je te prie ? Mais qu'as-tu en ce moment contre Chantal, je t'en supplie, Jean, parle !
- Tu veux vraiment savoir ? Ma pauvre, Chantal n'est pas sérieuse, tout me porte même à croire qu'elle a trompé Jean-Claude avec un type, un jeune godelureau. J'ai vu notre fille l'embrasser sur la bouche dans la rue, à Saint-Nazaire. Voilà pourquoi ça me gêne de recevoir mon beau-fils, tu comprends maintenant ?

- Mais elle ne sait pas si tu es au courant. On peut faire comme si on ignorait tout de la chose, ce n'est pas notre problème. D'ailleurs rien ne te permet de penser qu'ils couchent ensemble.

- Non bien sûr, je n'ai pas assisté à leurs débats amoureux sur le trottoir, tu as raison. Ce type n'est après tout qu'une connaissance, peut-être même est-ce un garçon à qui elle demandait son chemin. Tu devrais lui demander, elle te rassurera certainement. Tu comptes inviter Irène par la même occasion ?

- Oui bien sûr, tu as quelque chose contre cette idée ?

- Pas le moins du monde au contraire. Téléphone à Irène, elle sera ravie de cette réunion familiale...

- Je le fais tout de suite, figure-toi.

- Irène ? C'est maman. Nous invitons Jean-Claude et ta sœur dimanche prochain, nous comptons sur vous également, d'accord ?

- Je ne suis pas sûre de venir maman.

- Ah ! bon pourquoi ? Vous avez quelque chose de prévu ?

- Non, mais, ah ! comment te dire, c'est délicat. Je crains qu'une allusion ou une parole de trop dégénère en drame. Papa ne t'a rien dit au sujet de Chantal ?

- Ton père... déconne, il ne sait plus ce qu'il dit. Il prétend avoir vu ta sœur avec un garçon à Saint-Nazaire. Il fabule, je ne sais pas ce qu'il a en ce moment, il doit vieillir...

- Maman arrête de dire n'importe quoi. Papa n'est pas gâteux, s'il te plaît, cesse de l'accuser à tort et à travers. Il a bel et bien vu Chantal en compagnie d'un homme, maintenant si tu as des doutes, téléphone à ta petite fille chérie et demande-lui ce qu'elle faisait chez Marc à Nantes, oui j'ai bien dit Marc, tu connais non? Le meilleur ami de Jean-Claude! Il m'a téléphoné l'autre jour et m'a tout raconté. Qu'en penses-tu?

- Chantal, mes parents nous invitent samedi midi, ma mère vient de m'appeler, dit Jean-Claude à sa femme qui rentrait du supermarché.

- Je préfère que tu y ailles seul, mon chéri. Pour deux raisons. D'abord parce que tu vas leur raconter ton séjour en Chine, bon c'est normal que tu le fasses, mais tu sais je commence à connaître par cœur tes histoires et si je ne les écoute pas avec la même attention qu'eux, ta mère trouvera encore le moyen de me critiquer. Deuzio, la dernière fois que je les ai rencontrés à Nantes, j'étais pressée, ma voiture était mal garée et j'ai dû, c'est logique tu comprends, ne pas leur tenir la jambe pendant longtemps, ton père a compris, mais ta mère m'a fait la gueule. Mets-toi à ma place, chéri, je sais qu'elle ne m'aime pas, alors aller à Nantes maintenant… Non, vas-y seul. On verra plus tard, si elle demande pourquoi je ne suis pas venue, c'est simple, réponds-lui ce que je viens de te dire.

- C'est idiot, pourquoi veux-tu qu'elle t'en veuille, ça ne tient pas debout ! D'accord vous n'avez pas beaucoup d'atomes crochus, mais ce n'est pas non plus en vous ignorant de la sorte que les choses s'arrangeront. Alors, tu viens ou non ? Tu es sûre qu'il n'y a rien d'autre ?

- Qu'est-ce que tu veux dire, mon chéri ? Non je viens tout simplement de te donner mes raisons, elles sont valables et c'est tout.

- Bien, j'irai seul dans ce cas.

Émilie était tellement contente de revoir son petit Jean-Claude qu'elle l'embrassa avec la ferveur d'une mère qui retrouve son petit à jamais perdu, et ne s'offusqua pas le moins du monde de l'absence de Chantal. "Nous serons tous les trois mieux ensemble" avait-elle même dit.

Elle avait préparé un excellent repas auquel son fils réserva le meilleur appétit. L'ambiance était bonne, Jean-Claude avait relaté ses péripéties en Chine, au pousse-café Émilie qui avait un peu trop forcé sur le Bordeaux regarda son mari d'un œil embué par l'alcool. Charles comprit qu'elle voulait en arriver à certaines explications, il regarda sa femme d'un air sévère et lui dit :

- Émilie, je crois que tu ferais mieux d'aller voir ce qui se passe dans ta cuisine.

- Ah ! bon pourquoi ? Tu as peur que je révèle certaines choses à Jean-Claude ? Hypocrite, te ferais-tu le complice de cette petite garce ?

- Inutile d'insulter papa, il a raison dans un sens, si vous savez ce que je sais, restons-en là, ce sont mes affaires, je les réglerai moi-même. J'assume, je crois que c'est tout ce que je peux vous dire à ce sujet.

Émilie retomba sur terre et se ressaisit. Elle s'aperçut soudain que son fils était un grand garçon et que le fait de se mêler de ses affaires n'arrangerait rien. Dégrisée elle dit :

- Tu as raison Jean-Claude, après tout ce sont tes affaires. Désormais, je souffrirai en silence.

Chez les parents de Chantal l'ambiance fut assez bonne, Jean-Claude s'était présenté avec un gros bouquet de fleurs pour offrir à sa belle-mère. Yvette l'avait chaleureusement embrassé en écrasant une petite larme. Jean l'avait étreint fermement dans ses bras en lui chuchotant à l'oreille "content de te revoir Jean-Claude." Cela le surprit beaucoup car d'ordinaire son beau-père le vouvoyait. Roger et Irène eux aussi avaient montré beaucoup de chaleur à son endroit. Sa belle-sœur l'avait regardé avec une certaine intensité dans laquelle Jean-Claude crut déceler de la compassion. Elle devait savoir, mais qui l'avait mise au courant? Sûrement pas Chantal, qui d'autre savait?

Yvette se donnait un mal fou à paraître enjouée, et écouter attentivement ce que Jean-Claude disait. Tout était parole d'or. Dans son for intérieur il voyait bien que sa belle-mère marchait sur des charbons ardents, Chantal de son côté se faisait plus discrète que de coutume, visiblement tout le monde faisait de son mieux pour être agréable. Jean-Claude s'en amusait, un moment une idée folle lui traversa la tête : "Et si je foutais la merde maintenant ? Qu'est-ce que je risque après tout ? Ils ont tous peur de moi, en fait je suis maître du jeu ! Alors que fait-on ?"

- Voulez-vous un cognac Jean-Claude proposa Yvette ?

- Non, je préfère du champagne, mère, c'est une meilleure façon de célébrer nos retrouvailles, n'est-ce pas ma chérie, dit-il en regardant Chantal d'un air amusé.

- Doucement Jean-Claude, tu sais que lorsque tu as bu un peu trop, tu dis des bêtises…

- Ou des vérités, peut-être, in vino veritas. En fait elle n'est pas toujours bonne à dire cette fichue vérité, mais ça soulage, non ?

- Je t'en prie, arrête, s'insurgea Chantal.

- Ça n'est tout de même pas à moi de me taire, voyons chérie, je pense plutôt que ce serait le contraire. Moi je suis le vilain matou, et toi la pauvre petite souris, il vaut mieux que tu rentres dans ton petit trou avant que je te dévore. Ah ! ah ! ah…

- Bon ça suffit en fin de compte, si tu continues, je rentre…

- À la maison, seule… ?

Irène donna un coup de coude à son mari et tous deux se levèrent pour partir. Cet intermède calma le jeu et Jean-Claude reprit son sérieux pour saluer leur départ.

- Nous rentrons maintenant, Jean-Claude ? fit gentiment Chantal.

- Oui, tout de suite, demain j'ai une réunion importante, et toi tu iras à la salle de gym ?

- Yann, salut, c'est moi, dit Chantal, on se voit demain ?

- Non, désolé, je sors. De toute façon ton mari est revenu et je ne veux pas d'emmerdes, je te l'ai déjà dit, sois raisonnable. J'aime bien ta compagnie, tu es une fille formidable, on continue à se voir à la salle, mais c'est tout maintenant, moi j'ai peur. Ça finit toujours mal ces histoires. Une copine à Jacqueline nous a vus l'autre jour et j'ai eu droit à une scène pas possible. Tu comprends Jacqueline et moi c'est sérieux, elle m'a présenté à ses parents, et maintenant je ne veux plus faire le con.

- Ah ! parce que tu faisais le con avec moi ? Merci mon chou, j'apprécie !

- Non, c'est pas ce que je veux dire, mais elle et moi on va bientôt se marier, alors toi et moi…

- Maintenant que tu t'es bien amusé avec moi, tu me jettes comme un kleencx, tu te prends pour qui, attends je vais lui dire deux mots à ton ouvrière moi…

- Fais gaffe, Chantal, si je me fâche ça va mal aller. D'abord Jacqueline, c'est une fille bien, c'est pas une ouvrière, elle est secrétaire, et puis elle te vaut bien, c'est pas une fille à histoires, elle me fait des petits cadeaux mais c'est sans arrière-pensée, sans chantage…

- Petit branleur, tu as bien été content de les accepter mes cadeaux, va, fais gaffe, mon chou, mets-toi bien dans la tête que je ne perds jamais !

- Te fâche pas Chantal, mais comprends-moi, je veux me marier et avoir des enfants.

- Combien ?

- Je sais pas, on verra, mais je veux vivre une vraie vie avec Jacqueline.

- Je vois, en d'autres termes tu as des projets, tu m'étonnes, je ne te savais pas si malin, tu vois on se trompe !

- Allez à demain… en copains.

Et Yann très soucieux raccrocha. "Elle est capable de tout cette conne. Mieux vaut l'amadouer, on ne sait jamais. Comment vais-je pouvoir m'en débarrasser ? Tant pis, je vais lui faire croire que je vais rencontrer son mari."

14

Marc se leva de bonne heure. Il lui fallait passer la matinée au bureau pour y régler certains détails avant son départ. Ensuite, il irait déjeuner en compagnie d'Agnès et retournerait chez lui pour se préparer. Sa collègue devait le prendre vers seize heures pour le conduire à l'aéroport de Nice d'où il devait s'envoler pour Zurich à 18 h 05 sur Swissair.

Au bureau il avait fait des envieux et il dut promettre des cartes postales, et des photos du safari dès son retour.

Agnès vint le chercher comme prévu. C'était une belle jeune femme, ponctuelle, sérieuse, très élégante, dégageant beaucoup de charme. Elle devait avoir la trentaine et secondait Marc en tant que commerciale. Il s'avoua une certaine faiblesse pour elle alors qu'elle le quittait devant le comptoir de la compagnie suisse où il devait procéder à l'enregistrement de ses bagages.

L'avion approchait maintenant de Zurich, il faisait encore jour et Marc put apercevoir les sommets enneigés des Alpes suisses. Le vol s'était effectué sans problème et n'avait duré qu'un peu plus d'une heure. Rapidement il se dirigea vers le Terminal A, où il devait retrouver Jean-Claude. Il y avait beaucoup de monde dans le hall d'arrivée, mais lorsqu'il accéda au couloir menant à la porte 72, les voyageurs en partance étaient moins nombreux.

Après avoir passé le portillon électronique de la sécurité il avisa la petite salle d'attente réservée aux passagers du vol SR 0292 pour Dar Es Sallam.

Quatre Allemands d'âge moyen, assis dans un coin, parlaient fort. Marc remarqua qu'ils avaient déjà revêtu la tenue de brousse. Pantalons et vestes kaki à multiples poches fourre-tout, chapeaux et chaussures assortis, et ces bougres, en attendant de tuer quelque animal sauvage étaient en train de réserver le même sort à une bouteille de schnaps, qu'ils se passaient de main en main. Un Africain grand et svelte, d'apparence très distinguée, vêtu d'un costume trois pièces couleur anthracite, vraisemblablement d'origine massaï, arriva et se plongea studieusement dans la lecture du Herald's Tribune. Une jeune femme, aux cheveux décolorés, tenant un bébé métis dans ses bras, s'assit non loin des Teutons. Marc pensa qu'elle allait rejoindre son mari resté à Nairobi ou à Dar.

Les passagers arrivaient maintenant en nombre croissant. “L'avion sera certainement plein” se dit Marc qui commençait à chercher son ami des yeux.

Soudain il l'aperçut et se leva pour aller au-devant de lui.

- Tu as fait bon voyage ? demanda Marc.

- Oui, tout s'est très bien passé, et toi ?

- Sans problème, tu as pu facilement trouver le terminal ?

- Absolument, les correspondances étaient affichées sur l'écran central dans l'avion. Dis donc l'avion va être plein à craquer, quel monde !

- J'en ai l'impression, oui.

L'annonce du vol s'afficha à la porte 72 et une longue file commença à se former. Marc et Jean-Claude y prirent place.

- Alors, c'est la caméra dont tu m'as parlé ?

- Oui, elle est formidable, j'ai fait des essais, du tonnerre, j'ai pris trois cassettes, ça devrait suffire.

- Je pense. Ça fait combien de temps d'enregistrement au total ?

- Deux heures chacune, j'ai vu large !

Ils s'installèrent sur la partie gauche de l'avion, leurs sièges étaient parmi les tout derniers en queue d'appareil. Ils n'avaient aucun voisin et Jean-Claude s'assit côté hublot en disant à Marc qu'ils pourraient permuter, s'il le souhaitait.

À 20 h 50 précises, l'avion commença à rouler sur le tarmac pour regagner le bout de piste d'où le pilote lancerait les réacteurs à plein régime pour arracher le Douglas DC 10 au sol suisse et le poser vers cinq heures trente le lendemain matin à Nairobi.

Les hôtesses suisses arpentaient pesamment les allées, claquaient les fermetures des casiers à bagages en s'assurant que les passagers avaient tous bouclé leur ceinture.

Le commandant de bord, après s'être présenté, annonça dix petites minutes de retard dues au trafic important en cette fin de journée, et la chef de cabine en profita pour faire effectuer, par un jeune steward, la démonstration habituelle de l'usage du gilet de sauvetage et de l'utilisation du masque à oxygène en cas de dépressurisation de l'appareil.

Puis le grondement sourd des réacteurs, poussés au maximum de leur puissance, se fit entendre et l'avion quitta le sol. Après avoir atteint l'altitude de croisière, les lumières des plafonniers s'intensifièrent laissant supposer aux passagers que le dîner serait bientôt servi.

- C'est limite, fit Jean-Claude. Pas d'apéritif, une bouffe tout juste mangeable, quant aux hôtesses... aussi aimables que des portes de prison. Tu as vu la grande qui nous servait, elle ne parle pas, ou ne veut pas parler français, pourtant les suisses braillent partout que leur pays est trilingue, sauf sur la compagnie nationale apparemment, quelle péquenaude !

- Ouais, pas formidable. Tu regardes le film ?

- Non, je vais essayer de dormir un peu, dit Jean-Claude en se glissant un loup aveugle sur les yeux et en se passant une minerve gonflable autour du cou.

- Ben dis donc ! t'es vachement équipé, constata Marc.

- Autant être confortablement installé, mais malgré tout, ça m'étonnerait que je passe une bonne nuit. Allez, à demain.

- Repose-toi bien, lui répondit Marc en ajustant les écouteurs pour suivre la projection du film "Mrs Boutfire".

La nuit fut longue, assez fraîche et, en dépit de la petite couverture de laine qu'il s'était jetée sur les épaules, Marc ne trouva pas le sommeil. À ses côtés Jean-Claude semblait dormir, il eut l'impression que son ami était désormais blasé et que Chantal soit présente à ses côtés ou non, le laissait indifférent.

"De toute façon elle ne s'ennuiera pas en mon absence… alors" lui avait dit Jean-Claude plus tôt dans la soirée durant le dîner.

Il finit par s'assoupir et vers quatre heures trente du matin une certaine animation se fit entendre du côté de la cambuse. Les plafonniers s'allumèrent, les voyageurs commencèrent à sortir de l'engourdissement qui, pour la plupart, avait tenu lieu de repos. Les Allemands se réveillèrent, bâillant à s'en décrocher la mâchoire et firent procession en direction de la porte des toilettes du bord, le schnaps absorbé la veille et poussé par un nombre respectable de bières avait dû effectuer le circuit complet. Un enfant se réveilla en pleurant, une Indienne émergea de la couverture dont elle s'était recouverte. Des gens bâillaient, se frottaient les yeux ou s'étiraient tels des chats de gouttières qui avaient veillé toute la nuit; les plus méticuleux prenaient la direction des toilettes avec leur brosse à dents ou leur rasoir électrique. Jean-Claude fit surface, et bâilla lui aussi longuement.

- On est sur le point d'arriver?

- Je pense, en tout cas le petit déjeuner va nous être servi.

Le bord fit part de la procédure de descente et le personnel de cabine enleva prestement les plateaux. Les passagers les plus attentionnés bouclèrent leurs ceintures et redressèrent le dossier de leur siège.

Soudain le commandant de bord prit la parole et, à la grande satisfaction de tous annonça, en trois langues différentes, que, comme l'avion avait une légère avance sur l'horaire, et que le ciel était parfaitement dégagé, il allait descendre à environ neuf mille pieds et faire le tour du Kilimandjaro. Arrivé à la bonne altitude, l'avion bascula sur la gauche et le sommet enneigé du Kibo apparut par les hublots de l'appareil.

En fait, à cette époque de l'année, seuls les derniers mille mètres étaient encore partiellement recouverts d'une mince couche de neige, le reste de la montagne présentait une végétation apparemment pauvre, rabougrie, brûlée par le soleil ou le froid des nuits glaciales. Le tour complet de la montagne dura une bonne vingtaine de minutes et lorsque l'avion reprit son cap vers l'aéroport de Nairobi, les passagers remercièrent l'initiative du commandant de bord par une salve nourrie d'applaudissements.

Le DC 10 se posa avec douceur. Au sol, des avions de toutes tailles et de compagnies aériennes différentes, embarquaient ou débarquaient leurs passagers, faisaient le plein de kérosène ou s'avitaillaient en vue de leur prochain vol. Des pousseurs reculaient ou tiraient les plus gros aéronefs, pendant que les parqueurs jouaient avec dextérité de la raquette pour diriger vers leur aire de parking les appareils qui venaient d'atterrir.

La plupart des passagers descendirent à l'escale kenyane. Un nouvel équipage suisse embarqua. Quelques voyageurs montèrent pour Dar et s'installèrent à leur place. Une nouvelle fois l'avion se dirigea dans la direction de la piste d'envol, décolla et prit rapidement de la hauteur. Il faisait maintenant grand jour, et un soleil radieux éclairait cette partie du Kenya.

Après dix minutes de vol, l'avion commença à s'enfoncer dans de gros nuages blancs qui moutonnaient au-dessus de la Tanzanie. On survolait Arusha point incontournable du départ des safaris organisés vers les parcs nationaux de Manyara, Tarangiré, le cratère du Ngorongoro ou encore du lointain Serengeti. Marc avait maintenant pris la place de Jean-Claude. Parfois la couverture nuageuse s'éclaircissait, lui permettant de voir loin sur la ligne d'horizon, en contrebas, les eaux immensément bleues de l'Océan Indien. À nouveau l'avion commença à perdre de l'altitude et une vingtaine de minutes plus tard le Douglas toucha la piste de "Dar Es Salaam International Airport". Rapidement les bus de l'aéroport amenèrent les passagers dans les locaux. Les deux amis se présentèrent aux guichets de contrôle. Des policiers élégamment vêtus d'uniformes bleus, qui rappelaient ceux de l'époque coloniale britannique, vérifiaient les documents de voyages avec un sérieux très professionnel.

Marc reconnut sa cousine. Elle avait su se débrouiller pour venir les chercher dans l'espace sous douane. Elle était souriante, avait récupéré un chariot pour leurs bagages et leur faisait des signes de bienvenue. Marc l'embrassa et lui présenta Jean-Claude.

Après qu'ils eurent récupéré leurs bagages, elle leur dit de la suivre. Elle présenta un badge à un officier de police qui leur fit signe de passer.

- C'est long comme voyage, mais vous verrez vous n'aurez pas à le regretter, dit Monique. Nous allons à la maison, vous voulez vous reposer un peu ?

- Non, si ça ne te dérange pas, on prendra une douche et après on te suit. Qu'en penses-tu Jean-Claude ?

- Tout à fait d'accord. Non, il ne faut pas se coucher maintenant, de toute façon il n'y a que deux heures de décalage horaire, ce n'est rien, on dormira mieux cette nuit.

- D'accord, je vous emmènerai au Slipway faire un tour, c'est un petit centre commercial, il y a plein de choses à voir, surtout de l'art local, après on fera un tour par la côte et on rentrera manger. Bob arrive vers midi et demi, il a une heure pour déjeuner. Après vous faites une petite sieste ou vous allez plonger une tête dans la piscine. En fin de soirée on ira boire un pot au Sea Cliff, c'est un grand hôtel sur la côte. Ce soir si ça vous chante on retournera au Slipway, manger au restaurant japonais. Ok ?

- Ouf, j'ai eu chaud ! dit Jean-Claude

- Non, il croyait que tu allais l'emmener chez le Chinois. Tu lui as fait peur, il revient d'un séjour de dix mois en Chine Populaire et il m'a laissé entendre que la "bouffe chinoise" ça n'est pas trop son fort pour l'instant, hein Jean-Claude ?

- Oh ! pardon, c'est vrai tu me l'avais dit, excuse-moi Jean-Claude, on peut aller alors à La Trattoria Jan c'est un restaurant italien, on y mange de succulents spaghettis aux fruits de mer, quelque chose de sublime. Malheureusement le cadre est nul, c'est dans une petite rue d'un quartier africain, c'est comme vous voulez.

- Non, allons au premier, je ne déteste pas le japonais, et après tout, on est venus pour tout voir, n'est-ce pas Marc ?

Le Toyota se frayait un passage dans la circulation dense mais à la fois fluide, sous l'œil vigilant des policiers tanzaniens. Après avoir traversé la banlieue où grouillait une populace miséreuse marchant sur les bas-côtés de la route, poussant des charrettes à bras ou tirant des bicyclettes lourdement chargées en se faufilant entre minibus, taxis délabrés et camions brinquebalants, le tout-terrain arriva en vue du bord de mer. Au large des côtes, en rade foraine, des navires marchands étaient à l'ancre attendant un poste à quai pour décharger leurs cargaisons qui souvent partiraient par camions dans le centre du pays, jusqu'aux rives du lac Tanganyika ou vers le Zaïre voisin.

D'immenses plages au sable blanc et fin bordaient la côte. Monique leur dit qu'elles étaient assez dangereuses, surtout pour les expatriés, et qu'il ne faisait pas bon s'y aventurer car les agressions étaient fréquentes. De superbes villas récemment construites dominaient la mer aux reflets turquoise. Ils passèrent devant l'Ambassade de France, puis le chauffeur prit la route du littoral qui allait les amener à Msasani, quartier où résidaient Monique et Bob.

Le chauffeur quitta la route goudronnée et engagea son véhicule sur une piste en terre, il devait faire des prodiges de conduite pour éviter tous les trous remplis d'eau boueuse qui criblaient la chaussée.

- La voirie est en mauvais état, elle est très mal entretenue, mais de toute façon il n'y a rien à faire sur ces routes en latérite. Ils bouchent les trous de temps en temps mais dès que la pluie tombe tout est à recommencer, les camions citernes défoncent tout, ici le 4x4 n'est pas un luxe, c'est une nécessité ! À Dar, il n'y a pas de système de distribution d'eau et ce sont les camions citernes qui nous ravitaillent. Il faut avoir des réservoirs pour l'eau courante et les piscines, et c'est un va-et-vient permanent de camions tout au long de la journée, alors rien d'étonnant si les routes sont dans cet état !

Msasani était légèrement excentré, le quartier comptait beaucoup de villas occupées par les expatriés et les riches commerçants indiens. Des vigiles en uniformes bleu marine postés devant le portail d'entrée s'empressèrent d'en ouvrir les portes pour permettre au Toyota de s'engager dans l'allée centrale de la concession qui était bordée de flamboyants, de frangipaniers, et de haies de bougainvilliers aux grappes de fleurs pourpres, orange, ivoire ou violet.

Marc avait remarqué un panneau en bois sur lequel il lut "Karibu" et en demanda la signification à sa cousine.

- Ça veut dire "Bienvenue" en swahili, répondit Monique.

Le Slipway était un des lieux de rencontre des expatriés de Dar Es Salaam. Situé en hauteur, il fallait descendre de nombreuses marches pour accéder au niveau de la mer où se trouvait le Mashua Waterfront Bar, construit sur pilotis ; le restaurant était couvert d'un toit en chaume ; le soir tombé les gens venaient boire un pot ou dîner et danser sur les derniers airs à la mode. En haut des escaliers, sur la gauche, se trouvait le restaurant japonais, et de chaque côté des marches, en descendant vers la mer, il y avait quelques beaux magasins, dont une bijouterie tenue par des Indiens, une boulangerie française, et une boutique de tissus. En contrebas, une sorte de hangar destiné sans doute à abriter les bateaux de plaisance, et juste derrière, à l'ombre quelques peintres qui vendaient des tingatingas, ainsi qu'une librairie où l'on pouvait se procurer une importante documentation illustrée sur la Tanzanie.

Au Azuma le dîner se passa dans la bonne humeur, Jean-Claude raconta quelques anecdotes vécues en Chine et Monique s'étonna que Chantal ne l'ait pas suivi à Shanghai. Le dîner terminé ils descendirent prendre un dernier verre et regagnèrent la villa vers onze heures.

Le lendemain matin, Monique avait projeté de leur faire visiter la ville en passant devant le spectaculaire marché aux poissons de Kivukoni et ensuite aller à Mwengé voir les sculpteurs sur bois.

Une foule bruyante et chamarrée se bousculait sans aucun ménagement. Une fois leurs achats faits, les mamas portant sur la tête de lourds paniers en osiers remplis de poissons de toutes espèces, jouaient de la croupe pour se frayer un passage dans cette marée humaine, car il leur fallait sortir du marché au plus vite pour regagner leur point de vente habituel où elles négocieraient leur marchandise quelque peu odorante.

Mbessy, après avoir copieusement usé de son klaxon et de son volant, finit par arriver à Mwengé. L'accès en était rendu difficile en raison de la gare routière, située non loin de là. Il gara son véhicule. Monique suivie de Marc et de Jean-Claude commencèrent la visite du marché.

D'innombrables échoppes construites en planches recouvertes de toit en tôle ondulée rouge, offraient à la vente des milliers de statuettes en bois représentant des personnages divers, des guerriers massaï, des têtes d'hommes ou de femmes, des animaux de tailles et d'espèces différentes ou bien encore des multitudes d'objets hétéroclites allant du peigne au cendrier, en passant par les porte-couteaux ou des fruits en bois. Devant chaque boutique les marchands les invitaient à entrer et à choisir en leur disant :

- Karibu, jambo bwana, come inside and look. *Bienvenue, bonjour, Monsieur entrez et venez voir.*

Marc et Jean-Claude purent admirer à loisir tout cet art africain qui représentait des heures de travail et d'imagination pour donner à des morceaux de bois des attitudes et des expressions, presque vivantes, de personnages ou d'animaux. Les sculpteurs travaillaient sur place, assis à même le sol ou sur de petits tabourets ; pour seuls outils, ils disposaient de couteaux ou de lames très bien aiguisées, mais d'aucun outil conçu pour travailler le bois. Une fois la sculpture terminée elle était polie au papier de verre, et le cirage noir lui donnait les reflets luisants de l'ébène véritable. Ces jeunes garçons travaillaient sans relâche, torse nu ou habillés de haillons. Jean-Claude fut surpris du nombre impressionnant des sculpteurs, ils devaient bien être une cinquantaine travaillant au centre de la place du marché, sous l'ombre protectrice des feuilles d'un bouquet d'arbres. Ils s'arrêtèrent devant une boutique pour admirer une girafe, l'emblème de la Tanzanie. La pièce faisait bien un mètre cinquante de haut et était finement sculptée, la marchande insistait pour la leur vendre et il fallut l'intervention de Mbessy pour qu'elle comprenne que les trois blancs ne voulaient pas l'acheter.

Il y avait également un grand choix de miniatures représentant tous les animaux de la savane, lions, éléphants, rhinocéros, hippopotames, merveilleusement taillés dans la malachite et une pierre semblable à de l'onyx. Des marchands de tableaux venaient à leur rencontre pour leur vendre des peintures représentant des scènes de brousse, des troupeaux d'animaux sauvages ou de flamboyants couchers de soleil. Marc finit par acheter une toile représentant une troupe d'éléphants se reposant sous des baobabs, une fois roulée elle tiendrait sans difficulté dans sa valise, il la ferait encadrer plus tard à Grasse.

La visite terminée, ils remontèrent dans le Toyota et prirent la direction du Seacliff Hotel où ils déjeunèrent en compagnie de Bob, venu les rejoindre. L'espace restaurant surplombait l'océan dont les énormes rouleaux venaient se fracasser en contrebas contre les flancs de la falaise rocheuse dans un grondement sourd.

- Je vais vous emmener à Msasani maintenant, on va aller voir les peintures tingatinga aux ateliers de Morogoro.

- Qu'est-ce que c'est ?

- À l'origine c'est un vieux Tanzanien qui a donné son nom à ce style de peinture. Ce sont des œuvres naïves représentant des animaux ou des scènes de la vie traditionnelle africaine. Les formes et les couleurs sont très exagérées mais ça ne manque pas d'imagination et de sens artistique. Comme ils n'ont pas assez d'argent pour se procurer de la bonne peinture, les artistes achètent de la peinture industrielle, ça sent un peu le ripolin et ça prend un certain temps à sécher, mais cela vaut la peine d'être vu.

Ils entrèrent dans un bâtiment où régnait une chaleur étouffante. À l'intérieur une soixantaine de peintres composaient les tingatingas. Ils peignaient effectivement toutes sortes d'animaux et de personnages sur des plaquettes de bois synthétiques de formes et de grandeurs différentes. L'odeur de peinture était forte, presque entêtante, rendue insoutenable par la température qu'il faisait dans ce véritable four, mais ils l'oublièrent vite lorsqu'ils commencèrent à admirer les centaines de peintures exposées à la vente sur des tréteaux de bois.

- Ça sert à quoi ces trucs ronds, Monique ?

- On peut les utiliser comme sous-verres, mais il faut passer une couche de vernis dessus pour protéger la peinture. J'en ai à la maison, c'est très original.

- Ouais, tout à fait, je vais en acheter une dizaine, dit Marc.

- Toi Jean-Claude, ça ne te dit rien ?

- J'ai assez d'emmerdes comme ça avec Chantal, blagua-t-il.

Le soir ils allèrent tous dîner à La Trattoria dans le quartier africain de Namanga. Jean-Claude confessa qu'il n'avait jamais mangé d'aussi bons spaghettis aux fruits de mer. Durant le repas, un chanteur africain, prétendument zaïrois était venu interpréter des chansons à la table des dîneurs et, lorsqu'il arriva à celle des Français il poussa plusieurs airs du pays.

Le lendemain samedi, ils décidèrent d'aller déjeuner à Bagamoyo, à environ une cinquantaine de kilomètres au nord de Dar. La route était en réparation sur une bonne vingtaine de kilomètres et Bob emprunta une piste latérale. Il fallait observer une distante respectable entre les véhicules pour arriver à voir son chemin à travers des nuages de latérite que soulevaient les pneus des voitures qui roulaient devant.

Bagamoyo avait jadis, au XIXe siècle été un centre de regroupement et de départ des esclaves. Plus tard la ville connut une grande concentration allemande et, depuis, tout était retombé dans l'oubli, les bâtiments construits à cette époque tombaient maintenant en ruines.

Ils arrivèrent au Sea Club et s'installèrent dans l'espace réservé à la restauration. La salle était vaste et surmontée d'un toit supporté par une charpente constituée de troncs d'arbres sur lesquels reposaient des branchages en forme de fagots qui composaient la couverture. Sans être frais, bien qu'il fût exposé à tous les courants d'air, le restaurant était très bien abrité du soleil et donnait une sensation de confort et de fraîcheur relative. Il y avait de la langouste au menu, et un capiteux vin blanc d'Afrique du Sud fut unanimement choisi pour accompagner le repas qui se termina par une glace maison. Ils allèrent se promener sur la plage située en léger contrebas. Le sable blanc et fin comme du sel, brûlait la plante des pieds. Des marchands de gros coquillages qui peuplent les fonds marins vinrent leur offrir quelques spécimens. Certains devaient bien peser dans les cinq à six kilos, et leurs coquilles nacrées et tarabiscotées étaient de toute beauté. Bob leur dit qu'il ne fallait pas aller trop loin car ils s'approchaient de la mangrove et l'endroit était dangereux à marée basse.

Sur le chemin du retour Monique demanda à Bob de s'arrêter. Elle acheta quelques légumes et des mangues à des cultivateurs installés sur le bord de la route. Ils dîneraient ce soir à la maison, car les deux compères avaient décidé de partir le lendemain matin dès huit heures pour Zanzibar. Mbessy les conduirait au port pour qu'ils prennent le ferry. Ils avaient l'intention de passer une nuit au Zanzibar Serena Inn, comme le leur avait suggéré Monique.

Il y avait beaucoup d'animation dans le secteur du port et Mbessy rencontra bien des difficultés à arriver jusqu'au parking et à trouver une place près des bâtiments de la société des Ferry Sea Star. Il demanda à Marc et à Jean-Claude de l'attendre et se dirigea nonchalamment vers la queue des passagers qui prenaient leur billet. Monique leur avait dit qu'il y avait deux tarifs. Un pour ceux qui voyageaient au pont supérieur, et le second moins cher, que les autochtones prenaient. Ils optèrent pour le pont inférieur car ils voulaient faire l'expérience d'approcher de plus près la foule africaine.

Mbessy leur remit les billets et dit qu'il viendrait les chercher le lendemain soir vers dix-huit heures comme convenu. Après leur avoir souhaité bon voyage, il s'éloigna au volant du Toyota.

- Il est bien gentil, mais c'est loin d'être un nerveux, fit remarquer Jean-Claude. Note bien que Monique a de la chance quand même. Une belle baraque, avec court de tennis, une piscine, un jardinier, un chauffeur, un boy et une bonne, la vie de château quoi ! Je pense que Chantal aimerait cela aussi, mais pour qu'elle accepte de vivre en Afrique, il faudrait que maman l'accompagne. Enfin de toute façon la question ne se pose pas !

- Moi aussi j'aimerais bien ce genre de vie. Peut-être pas faire carrière ici, mais y passer quelques années comme ils le font, ça a sûrement un certain charme, quoiqu'il doit y avoir des moments de déprime, où le pays te manque quand même.

- Oui, je n'ai pas passé aussi longtemps à Shanghai et il est vrai que les conditions de vie étaient différentes, mais il y a des jours où on se pose la question de savoir ce que l'on est venus faire si loin de chez soi.

- A fortiori quand on est marié, je pense.

- C'est vrai, j'ai beaucoup regretté que Chantal reste en France, ça aurait évité bien des choses. Mais je pense qu'elle ne voulait pas venir à cause de votre liaison. À propos, dis-moi comment cela est arrivé, je crois qu'il est temps maintenant qu'on en parle.

- Oui, je crois que tu dois connaître la vérité, je me sentirai mieux après.

- Attends, je crois que c'est le moment d'embarquer, on reste dehors sur le pont à l'arrière ?

- Ouais, vas-y, passe devant.

- Ah ! Bon dieu ! Poussez pas comme ça derrière ! rugit Jean-Claude.

La foule poussait comme si les gens avaient peur de rester sur le quai. Le préposé s'empara de leur ticket, en déchira un volet, et le leur rendit. Marc et

Jean-Claude se retrouvèrent propulsés à bord du bateau.

- Viens par ici, on sera à l'abri. Dis donc ils embarquent en force dans le pays !

Les passagers montaient rapidement à bord du Sea Star I. Commerçants transportant de lourds sacs en nylon multicolores, bourrés à craquer, manutentionnaires entassant des palettes chargées de cartons de victuailles contre une des superstructures du navire qui semblait être le local machines car, à sa tenue, l'homme qui en sortit par une porte, devait sûrement être le mécanicien du bord. La plupart des voyageurs entraient à l'intérieur du bateau et prenaient place sur les rangées de fauteuils. C'étaient des zanzibaris, les femmes portaient de longues et amples robes noires qui leur descendaient jusqu'aux chevilles et avaient une sorte de tchador de la même couleur sur la tête. D'autres, des marchandes du continent colportaient toutes de pesants colis qu'elles rangeaient en les empilant les uns sur les autres dans un coin du pont à grands renforts de commentaires bruyants, ponctués de rires qui les faisaient se tordre comme des gamines en frappant le pont métallique de la semelle de leurs tongs.

Un groupe d'une dizaine de jeunes gens, blancs, vraisemblablement des Scandinaves ou des Anglo-Saxons, monta à son tour. Certaines filles avaient tressé leurs cheveux à la rasta, avec des perles de toutes les couleurs. Les garçons, les cheveux hirsutes, plus ou moins longs, portaient des barbes de plusieurs jours. Vêtus de T-shirts sans forme ni couleur, des sandales aux pieds. Ils coltinaient des sacs à dos volumineux qui devaient contenir leur matériel de couchage, peut-être quelques objets de toilette et éventuellement des rechanges vestimentaires. Eux aussi entassèrent leurs sacs les uns par-dessus les autres dans un endroit qu'ils avaient choisi pour effectuer la traversée. Jean-Claude dubitatif sur leur apparence dit à Marc :

- Ils donnent une bien piètre idée de la jeunesse actuelle, je me demande ce qu'en pensent les Noirs ?

- Tu as raison, ils ne sont guère représentatifs de leur pays !

Deux hommes de race massaï montèrent à bord, ils retinrent de suite une attention tout admirative du groupe des jeunes Blancs. Ils étaient grands, sveltes, les cheveux finement tressés, ils portaient des colliers de perles multicolores autour de leur long cou et des anneaux en cuivre aux oreilles. Drapés dans une grande pièce de tissu rouge à carreaux écossais bleus qui ressemblait à une toge romaine, ils avaient bizarrement poussé le luxe à mettre des chaussures de sport blanches. C'était à la fois insolite et grotesque de les voir ainsi accoutrés. Ils entrèrent à l'intérieur du bateau sans avoir eu un regard pour les voyageurs. L'habillement des autres passagers africains était assez varié. La plupart des hommes portaient des chemisettes à manches courtes, des pantalons de toile et des sandalettes, d'autres des musulmans, vraisemblablement, avaient le chef couvert d'une kofia blanche et portaient une tenue kaki tenant vaguement de la saharienne. Les plus chics, qui se donnaient des allures de notables, avaient revêtu un costume à l'occidentale.

Les marins du bord, après avoir rentré la coupée, jetèrent les aussières à terre et le bateau commença doucement à s'écarter du quai. Sorti du port, il accéléra progressivement et le capitaine poussa les turbines à fond. Marc fut surpris par la vitesse du ferry que Jean-Claude estima à environ vingt-cinq nœuds. La mer était calme couleur ardoise bleutée avec des reflets argentés. À l'arrière un bouillonnement blanc jaillissait formant une énorme gerbe d'eau brassée par les turbines. L'étrave coupait l'océan en rejetant de chaque côté du bateau une vague profonde et lisse qui roulait en une belle écume immaculée. Le bruit des moteurs était assourdissant et la vitesse du ferry ajoutée à la brise de la mer créait de violents tourbillons. Jean-Claude renonça à parler à Marc, il repoussa l'explication à plus tard, à Zanzibar ou bien encore à un moment plus propice quand ils seraient seuls dans le Ruaha.

Une île apparut sur tribord que le bateau dépassa rapidement. À cette heure de la matinée, les pêcheurs étaient nombreux en mer, seuls ou parfois à deux dans une pirogue, avec un balancier rafistolé qui faisait penser au prao polynésien. Pour naviguer, ils utilisaient une espèce de voile carrée accrochée à un mat amovible. Au ras de l'eau, l'embarcation s'enfonçait gracieusement dans le creux de la vague pour en sortir plus loin au sommet d'une autre.

- Que peuvent-ils bien pêcher ? demanda Marc en criant à l'oreille de Jean-Claude.

- Ma foi, je n'en sais rien, mais tu peux être sûr que je n'irais pas si loin en mer sur une telle embarcation, ils sont gonflés !

Zanzibar était maintenant là toute proche. Le ferry ralentit et se dirigea lentement vers le quai de débarquement.

Les marins du bord avaient à peine mis la coupée à terre que les passagers se hâtaient vers la sortie.

- Tu te souviens, Monique nous a dit qu'il fallait passer par l'immigration avant d'aller en ville.

- Oui, c'est ce qu'elle a dit, ça c'est bien africain, avoue ! Zanzibar fait partie de la Tanzanie mais il faut quand même un visa spécial pour circuler sur l'île.

Un zanzibari vint au-devant d'eux et leur proposa un taxi. Jean-Claude qui parlait le mieux anglais, lui répondit qu'il leur fallait d'abord aller à la Police et ensuite ils verraient.

Seuls les Africains étaient dispensés de cette formalité sans grande signification.

Les deux Français suivirent la foule des touristes, ils durent remplir un formulaire rose et le présenter avec leur passeport à un officier de police. Le fonctionnaire vêtu à la "british" prit connaissance des documents et remplit soigneusement les colonnes d'un registre, après quoi il frappa l'une des pages du passeport d'un tampon humide et leur dit qu'ils pouvaient aller en ville.

- Ça ne ressemble pas à grand-chose, une singerie de plus, râla Jean-Claude.

- Sûrement, mais que peut-on y faire? répondit Marc.

Ils quittèrent les bâtiments de l'immigration et commençaient à se diriger vers la sortie du port lorsque le même indigène les accosta à nouveau.

- My name is Ahmed, vous allez où? À l'hôtel, en ville, je vais vous indiquer un taxi pas cher, il s'appelle Hassan, venez suivez-moi.

- Il commence à me plaire celui-là, fit Marc.

- Oui, mais il nous faut prendre un taxi pour aller au Serena Inn, alors lui ou un autre. Il posa la question à Ahmed.

- Combien ça coûte la course?

- Pour vous ce sera seulement deux mille shillings, parce que vous êtes français, moi j'aime la France.

- Et ta sœur, fit Jean-Claude en français. Ok, allons-y pour Hassan lui dit-il.

- Hello, my name is Hassan Moh'd, Je vous emmène à quel hôtel?

- Au Serena Inn.

- Bien Monsieur, nous y allons, montez s'il vous plaît.

- Tu te défends comme un chef, en anglais, lui dit Marc admiratif.

C'était un minibus Mitsubishi, Hassan l'avait bien arrangé, il était propre avec une épaisse moquette pour le rendre plus confortable.

- Combien ça nous coûterait pour visiter la forêt Jozani et faire le tour de la route des épices ? demanda Jean-Claude.

- Quarante mille shillings, répondit Hassan.

- Non, trop cher, vingt-cinq mille.

- Trente mille, il faut que je paye vos guides Ali et Housman, alors c'est trente mille et je vous raccompagne demain au ferry.

- Ok, ça marche, emmène-nous maintenant au Serena.

- Vous me donnez cinq mille maintenant pour que j'achète de l'essence et le reste demain.

- La confiance règne ! Enfin, tiens voilà tes cinq mille shillings, allez en route.

- Thank you sir, remercia Hassan.

Le Mitisubishi démarra. Hassan semblait être un garçon jovial, il était bien enrobé et portait une moustache digne d'un "constable" anglais. Il avait fait une bonne affaire et dit qu'il était content de faire connaître son île à des Français.

En un tout petit quart d'heure, le minibus s'arrêta devant l'entrée du Serena Inn et Jean-Claude demanda à Hassan de venir les chercher vers quatorze heures.

Le hall d'accueil de l'hôtel était vaste et richement décoré. C'était une réussite architecturale influencée par un somptueux style arabe. La réception était sur la droite ; derrière le comptoir les hôtesses étaient tout de rouge vêtues, le chef réceptionniste, pour sa part, portait un splendide uniforme blanc à pantalon bouffant et était coiffé d'un élégant turban rouge. Les formalités faites, il les accompagna au premier et leur présenta leur chambre réciproque. Toutes deux donnaient sur l'océan et étaient richement décorées et meublées dans un style colonial rétro. Salle de bains dont les murs étaient habillés de petits carreaux de mosaïque blancs, les robinets étaient en cuivre ainsi que tous les boutons de porte. Une coiffeuse en acajou, une télévision grand écran, un mini bar, un grand lit double aux draps impeccablement repassés, surmonté d'une grande moustiquaire en tulle, deux tables de nuit avec lampes de chevet en cuivre et deux fauteuils en cuir, complétaient le mobilier. Jean-Claude ouvrit la porte-fenêtre qui donnait sur un balcon surplombant un jardin exotique où les fleurs de bougainvilliers rivalisaient de beauté avec celles d'un jacaranda. Devant lui s'étendait, à perte de vue, l'immensité bleu turquoise de l'Océan Indien.

Monique leur avait suggéré d'aller déjeuner dans un restaurant italien non loin du Serena, ils s'y rendirent à pied et s'installèrent à la terrasse. Une serveuse vint vers eux, polé polé (lentement) comme on dit dans le pays. Elle était jeune, portait un gilet rouge sur un chemisier blanc, deux jambes fluettes dépassaient d'une jupe noire, elle leur tendit la carte en souriant aimablement, pendant qu'un garçon ouvrait un grand parasol pour les protéger du soleil et des brindilles qui tombaient des palmiers décorant l'espace de la restauration. Ils commandèrent un plat de poisson et des lasagnes, arrosés d'un chianti.

Hassan était déjà arrivé lorsqu'ils regagnèrent l'hôtel. Après être passés par leur chambre, ils s'assirent dans le minibus qui prit la direction de la route des épices.

- Sympa quand même l'hôtel, tu as vu les chambres, ce n'est pas de la gnognotte. Ça cadre tout à fait avec le pays, comment as-tu trouvé le déjeuner ? s'enquit Marc.

- Jusqu'ici, tout va pour le mieux, le luxe est moins somptueux qu'à Hong-Kong, c'est un autre style, je le trouve effectivement très couleur locale. Bon je continue à utiliser la caméra, tu n'auras qu'à suivre le guide, pendant ce temps-là je filmerai.

Hassan arrêta son minibus à l'entrée du circuit et acheta un billet, un jeune homme monta à ses côtés et se présenta :

- Bonjour, mon nom est Ali, je suis votre guide, je vais vous montrer la route des épices et les singes de la forêt des Jozani, que l'on appelle les Colobus rouges.

Après cinq minutes de route, Ali demanda à Jean-Claude et à Marc de le suivre, ils prirent un chemin qui les mena à un petit bois. Ali leur dit qu'ils ne tarderaient pas à voir ces singes qui étaient endémiques à Zanzibar. Ils les aperçurent perchés sur les branches des pruniers noirs dont ils mangent les pousses des feuilles. Leur tête noire encadrée d'une couronne de poils blancs, la bouche bordée d'une auréole rose, leur donnait un air curieux et sympathique. La partie arrière de la tête et le dos étaient recouverts de longs poils très rouges. C'était l'heure de la sieste, et certains mâles étaient vautrés à califourchon sur les branches pendant que les petits tétaient leur mère ou s'amusaient dans le branchage. En quittant les lieux, le guide leur dit que ces singes étaient désormais protégés pour des raisons touristiques, mais les indigènes ne les aimaient pas car ils dégageaient une odeur forte et n'étaient pas considérés comme des animaux domestiques, on les appelait les "Kima punju", les singes poisons.

Ali était un jeune homme d'environ vingt-cinq ans il leur dit qu'il étudiait à Dar Es Salaam, son anglais était excellent et ses connaissances sur la faune et la flore remarquables. Il grimpa dans un cacaoyer dont il détacha une cabosse qu'il ouvrit avec son couteau pour leur en faire goûter les fèves, ils s'arrêtèrent tout au long de la promenade pour sentir les différentes épices qu'Ali cueillait ou ramassait. Arrivés dans un petit hameau, ils passèrent devant une école coranique où des écoliers récitaient à tue-tête des versets, une bande de gamins les suivait, Ali dut les chasser car ils commençaient à réclamer de l'argent.

Ils étaient maintenant sortis de la forêt et se trouvaient dans une palmeraie. Un garçon d'une vingtaine d'années s'approcha d'un cocotier d'une bonne quinzaine de mètres de haut, se passa une corde autour des chevilles et entreprit de monter le long du tronc de l'arbre. Il faisait l'ascension sans aucune difficulté progressant par petits sauts d'une soixantaine de centimètres. Arrivé à mi-hauteur, il exécuta une sorte de danse du ventre en entonnant la chanson "Zanzibar" en kiswahili. Jean-Claude et Marc reconnurent certains mots déjà entendus "Jambo... bwana... hakunamatata" *(bonjour, homme blanc, pas de problèmes)*.

- Formidable, s'émerveilla Jean-Claude, comment peut-on grimper à un arbre aussi facilement !

Rendu en haut du cocotier, le garçon décrocha deux ou trois noix qu'il jeta au sol.

Ali, aidé d'autres jeunes gens, ouvrit les noix et en offrit l'eau aux Français, un d'entre eux tressa un chapeau avec des feuilles de palmier et en coiffa Marc qui lui dit, après lui avoir donné la pièce : "Merci je le garde en souvenir."

Puis ils achetèrent quelques épices contenues dans de petits sachets en cellophane. La visite était finie, ils dirent au revoir à Ali et montèrent dans le minibus pour rentrer à l'hôtel.

Le soir ils dînèrent sur la terrasse face à l'océan. Le service était impeccable, la table bien dressée avec au centre un petit bouquet de fleurs de bougainvillier, et éclairée par de petites bougies dont la flamme vacillait au souffle de la brise marine. Le cadre se prêtait aux confidences et Jean-Claude regardant Marc dans les yeux lui dit :

- Alors on continue la conversation que l'on a commencée ce matin ?

- Tu as le droit de savoir, Jean-Claude.

Marc raconta comment Chantal avait fait pression sur lui, comment elle avait réclamé une explication en tête à tête avec lui, et comment il avait eu l'idiotie d'accepter qu'elle vienne à Nantes.

- Je sais que ça te fait mal Jean-Claude mais crois-moi je me sens tellement sale que je dois tout t'avouer.

- Ouais, qui sait ? J'en aurais peut-être fait autant à ta place, après tout, si j'avais été dans la même situation. Continue...

Marc lui dit enfin qu'en revenant de la cuisine avec son plateau dans les mains, il avait vu Chantal, nue, s'offrir à lui. Après quoi, il l'avait revue trois ou quatre fois et cherchait le moyen de s'en débarrasser. Puis était venue cette mission à Antipolis et presque aussitôt la proposition d'affectation définitive. Marc demanda à Jean-Claude de le croire lorsqu'il lui dit que la mutation sur la côte était pour lui une chose qu'il n'avait pas le droit de refuser, il lui fallait à tout prix partir de Nantes, s'éloigner de Chantal pour qu'il puisse enfin retrouver toute sa sérénité. Il avait fauté, mais pensait que le fait d'aller volontairement à Antipolis représentait, à ses yeux, une sorte de repentir.

- Ouais, si on veut. Donc c'est mes parents qui vous ont vus ensemble? Mais les siens sont-ils au courant eux?

- Irène m'a téléphoné, je lui ai tout avoué, je ne sais si j'aurais dû lui dire, en revanche elle m'a laissé entendre que le père de Chantal avait vu sa fille à Saint-Nazaire en compagnie d'un autre homme...

Un long silence s'ensuivit et Jean-Claude reprit :

- Si j'ai bien compris, tu essayes de me dire qu'elle t'a trouvé un remplaçant, en fait elle ne t'aimait pas, il lui fallait un homme, c'est ça?

- Comment te dire, je crois que c'est la réponse, c'est terrible pour toi, tu ne le mérites pas...

- Bah, c'est peut-être de ma faute, je n'ai pas toujours été à la hauteur. Pour tout t'avouer je ne sais plus que faire, moi c'est la boisson, elle, c'est le cul! Il faudra que l'on s'explique, j'avais l'intention de lui parler d'avoir un enfant, à défaut d'en adopter un, maintenant je me demande si tout cela en vaut la peine.

- Ça pourrait tout arranger. Parle-lui-en, tu verras ce qu'elle en pense. Ton idée est bonne, si chacun y met du sien et respecte sa parole, vous pourrez sûrement reprendre la vie normale d'un couple.

- Ouais, peut-être. Bon on reparlera de cela ces jours-ci, pour l'instant descendons au bar prendre un verre avant d'aller se coucher.

Le jour pointa au travers des persiennes et Jean-Claude décida de se lever, jeter un coup d'œil sur l'océan. Il ouvrit la porte-fenêtre et s'avança sur le balcon. Non loin de là, une scène retint son attention et lui apprit comment les indigènes s'y prenaient pour pêcher. Il s'empara de sa caméra pour filmer.

Cinq hommes debout dans une pirogue d'une dizaine de mètres de long tiraient à eux un filet déployé dans l'eau en forme de boucle. Deux pêcheurs nageaient de chaque côté pendant qu'un troisième se tenait en haut dans la partie ronde. Ils avaient pour travail de diriger la remontée du filet. Dans sa partie la plus large celui-ci devait faire une douzaine de mètres. Au fur et à mesure la nasse qui emprisonnait les poissons se refermait. Pris au piège ils bondissaient hors de l'eau pour tenter de fuir. Deux ou trois d'entre eux réussirent à sauter par-dessus le filet et prirent le large. La pêche semblait être assez fructueuse car maintenant Jean-Claude voyait distinctement un gros bouillonnement à l'intérieur du filet qui remontait inexorablement à bord de la pirogue les poissons piégés.

Il prit sa douche, s'habilla et alla frapper à la porte de Marc qui l'attendait. Après le petit déjeuner, ils descendirent leurs bagages à la réception et les laissèrent à la consigne. La facture réglée, ils sortirent de l'hôtel. Hassan était là, qui les attendait pour les emmener à la découverte de la forêt Jozani dont ils n'avaient vu qu'une petite partie hier en compagnie d'Ali.

La forêt renfermait une grande variété d'arbres. Des acajous rouges, des palmiers à huile, des raphias, des pins maritimes, des sycomores et tant d'autres essences. Le sol était spongieux, par moment on pouvait apercevoir des petits trous creusés par les crabes d'eau douce. La lumière du jour filtrait difficilement au travers de la canopée très serrée formée par la végétation luxuriante. À la saison des pluies, Housman, leur nouveau guide, dit que le sol de la forêt se transformait en véritable marécage et qu'une foule de crustacés envahissaient les lieux. Il leur fit voir de minuscules grenouilles tout juste plus grosses que l'ongle d'un doigt de la main, des petits serpents noirs qui filaient à l'abri des fougères arborescentes. Haut perchées dans les palmiers, des civettes africaines dévoraient des graines pendant qu'une quantité d'oiseaux tropicaux faisaient entendre leurs gracieuses mélodies. Housman leur fit observer les empreintes laissées par le passage d'une troupe de sangliers et dit que la forêt hébergeait encore bien d'autres espèces d'animaux de toutes sortes, des caméléons, des escargots géants et des papillons. Pour conclure la visite, le guide les emmena voir la mangrove et leur expliqua que le gouvernement avait rencontré beaucoup de difficultés à convaincre les indigènes à ne plus couper les branches des arbres pour en faire du charbon de bois. Les palétuviers, une fois mutilés, dépérissaient, et l'existence de la forêt était mise en danger. Ils traversèrent une carrière de corail dont les blocs, une fois taillés, remplaçaient la pierre de construction. Les maisons de Zanzibar, leur dit Housman, étaient presque toutes construites en pierre de corail. En guise de ciment, les résidus de la taille étaient broyés et utilisés comme ciment.

Jean-Claude et Marc remercièrent leur guide et demandèrent à Hassan de les conduire dans le centre ville de Stone Town. Ils lui donnèrent rendez-vous à seize heures devant l'hôtel d'où ils partiraient pour prendre le ferry.

Munis d'un plan de la ville, ils errèrent sans but précis. Les rues étaient étroites, conçues dans le but de garder le maximum de fraîcheur, les maisons étaient vieilles, parfois en mauvais état. À l'exception des hôtels de construction récente, bâtis pour la plupart en bord de mer, le centre ville datait d'un autre âge. Certaines demeures richement décorées de portes sculptées, devaient indiquer le rang social des propriétaires de ces résidences qui, au premier étage, disposaient d'une large véranda étudiée pour recueillir la brise venant de la mer.

Comme partout en Afrique, les piétons étaient nombreux et se frayaient tant bien que mal un passage parmi les voitures, les cyclistes, les vélomoteurs et les charrettes à bras. Il y avait beaucoup de boutiques et d'échoppes où l'on pouvait acheter mille et un souvenirs d'art local, toutes les sortes d'épices ou encore de l'huile de clou de girofle, spécialité par excellence de l'île, garantie contre les douleurs et tous les maux imaginables.

Ville musulmane et à la fois indienne, Stone Town dégageait un caractère bien particulier où les différentes ethnies semblaient cohabiter sans difficulté apparente, cependant Jean-Claude fit remarquer à Marc que la plupart des magasins de tissus, de vêtements, les quincailleries ou les épiceries étaient tenus par des commerçants indiens. Ils passèrent devant le vieux fort arabe et virent la demeure du fameux Dr Livingstone ainsi que de nombreuses mosquées. L'heure du déjeuner était proche et ils arrivèrent au Blues, un restaurant tenu par des Sud-Africains de race blanche, que Monique leur avait recommandé, non pour la nourriture mais pour le coup d'œil. Surplombant la mer, le restaurant construit sur pilotis offrait une vue unique sur Stone Town et l'océan.

Hassan emmena les deux Français comme prévu à l'entrée du port, après l'avoir salué ils franchirent les grilles d'entrée et se dirigèrent vers le quai. Cette fois c'était un ferry de la Sea Express qui assurerait le retour. Après l'embarquement des passagers le bateau prit le chenal et gagna rapidement de la vitesse, soudain, le bruit des turbines baissa d'intensité et les moteurs stoppèrent.

- Que se passe-t-il, on est tombés en panne? dit Marc.

- Ça m'en a tout l'air, on n'avance plus.

Le bateau était stoppé à environ deux mille nautiques de la côte. Un fort clapotis agitait la mer, faisant rouler le bateau bord sur bord. Des sacs entassés sur le pont tombèrent, créant une petite panique, un marin du bord entreprit de les relever, aidé par deux passagers africains. Puis les moteurs se remirent en marche et à nouveau le ferry repartit à la satisfaction des passagers. La mer grossissait, les vagues frappaient maintenant l'étrave avec force et les embruns retombaient en pluie fine sur le pont arrière. Certaines Africaines qui ne semblaient pas avoir le pied trop marin se cachaient le visage sous les voiles de leurs boubous pour ne pas voir les vagues qui secouaient brutalement le bateau.

Tout redevint normal lorsque, enfin, le ferry approcha du quai. Dans une bousculade indescriptible les passagers franchissaient la coupée, les plus lestes enjambaient directement le franc-bord et sautaient sur le quai.

Mbessy était là. Il mit les valises à l'arrière du Toyota et démarra dans la direction de Msasani.

- C'était mouvementé comme retour, la mer était plutôt forte, mais tu te souviens, Monique nous l'avait dit. À l'aller le matin tout va bien, en fin d'après-midi tout se gâte, mais ça vaut quand même le coup de faire le voyage par mer. Tu as vu il y avait deux beaux boutres avec leurs voiles triangulaires. C'est l'embarcation typique des mers de la région, de la Mer Rouge jusqu'aux côtes malgaches. Il faut quand même de bons marins pour naviguer sur ces rafiots, car c'est plutôt rudimentaire comme moyen de navigation. À les regarder de plus près on leur donnerait plusieurs siècles d'existence tant les voiles sont sales et en mauvais état. Rien n'a beaucoup changé depuis l'époque d'Henri de Montfreid.

- A priori non, pas grand-chose. J'ai remarqué que tu les avais filmés, ça devrait faire quelque chose de bien. Tu nous montreras ça, ce soir, j'espère.

- Oui, bien sûr. Ça y est, on est arrivés.

Mbessy stoppa le Toyota alors que Monique souriante les accueillait.

15

Jean-Claude dormit mal. Il rêva de choses bizarres et se voyait rester en Afrique entouré d'animaux féroces. Il avait l'impression d'avoir la gueule de bois, pourtant rien d'anormal ne s'était passé la veille. À leur retour de Zanzibar, ils étaient tous allés dîner en ville au Yacht Club. Ils avaient mangé des brochettes accompagnées d'un riz pilaf et de quelques bières suivies d'un ou deux whiskies, rien d'extravagant.

À six heures du matin, ils se retrouvèrent tous les quatre dans la salle à manger pour le breakfast, toujours copieux chez Monique. Il fallait bien se caler l'estomac car la journée serait longue et fatigante. Environ huit heures de route seraient nécessaires pour parcourir les quelque six cents kilomètres qui séparaient Dar Es Salaam de l'entrée du Parc National du Ruaha.

La sortie de Dar fut assez laborieuse, bien qu'il fût sept heures du matin. Puis Mbessy augmenta la vitesse si bien que Morogoro, ville importante située à un peu plus de deux cents kilomètres de la capitale fut atteinte vers dix heures trente. Le revêtement de la chaussée était bon, presque sans trous ou aspérités, permettant au Toyota de maintenir une moyenne constante. Il fallut toutefois ralentir à l'approche de parc de Mikumi, car la route le coupait en son milieu et les animaux sauvages traversaient fréquemment, en toute liberté. Des "gendarmes couchés" avaient été disposés en travers pour freiner les ardeurs des conducteurs trop pressés.

Ils aperçurent au loin, cachés par les hautes herbes, des éléphants et quelques girafes dont l'une semblait être suivie de son girafon. La traversée du parc prit une petite demi-heure. Maintenant on approchait des montagnes du Rubeho, la chaussée devint subitement mauvaise, par endroits le goudron avait fondu sur la route qui menait au col et s'était transformée en vaguelettes qui secouaient le véhicule de façon désagréable et en ralentissait la progression. Les camions peinaient à gravir la pente, ou la descendaient au pas, en sens inverse, parfois à droite, si le revêtement était meilleur. La vitesse jusqu'ici bonne, chuta spectaculairement. À droite, un précipice vertigineux indiquait le lit de la rivière Ruaha. Ce fut le seul passage lent et pénible du parcours. Une fois cette difficulté franchie, Mbessy sollicita de nouveau les chevaux du Toyota qui retrouva toute sa puissance. Il serait bientôt midi et il fallait penser à se restaurer et à prendre quelque repos.

- Je vois sur la carte que nous approchons d'Iringa, on pourrait peut-être s'arrêter déjeuner là, qu'en penses-tu Jean-Claude ?

- Bien sûr, je commence à avoir des fourmis dans les jambes à force d'être assis, et en plus j'ai faim.

Mbessy s'arrêta à une pompe BP et fit le plein de diesel, puis ils se mirent en quête de trouver un restaurant. Ils en avisèrent un qui retint leur choix. Il était propre en apparence. Ils y pénétrèrent pendant que le chauffeur garait son véhicule dans la cour et partait lui-même à la recherche d'une gargote.

Ils s'installèrent à une table recouverte d'une toile cirée, un garçon arriva en leur tendant le menu. Il y avait deux plats au choix. Steak frites et poulet pilipili, ils optèrent pour le second car, étant passés devant une boucherie locale ils avaient rapidement compris à quoi ils s'exposeraient en mangeant de la viande.

Jean-Claude demanda si le pilipili était "hot", le garçon lui répondit qu'il était normalement épicé, mais que s'ils ne le trouvaient pas à leur goût ils pourraient toujours rajouter de la sauce pimentée.

- C'est mangeable, sans plus, en tout cas c'est moins fort que je l'aurais pensé, dit Marc.

Deux bières "Kilimandjaro" accompagnèrent le repas et après la banane qui tenait lieu de dessert maison, ils décidèrent de reprendre la route sans plus tarder.

Ils constatèrent très rapidement que la bonne route avait pris fin à Iringa car maintenant le Toyota devait zigzaguer pour éviter les nombreux nids-de-poule.

- Si ça continue comme ça, on arrivera à la tombée de la nuit.

- Attends, fais voir la carte pour savoir combien il nous reste de kilomètres à parcourir.

- Aïe, à mon avis dans les deux cents bornes, fit Marc. Alors à l'allure où l'on roule, on devrait être là-bas vers cinq heures du soir.

- Il fait nuit à partir de dix-huit heures, il ne faut pas avoir de crevaison car autrement ça deviendra délicat !

- Oui, en plus Monique nous a dit qu'on n'a pas le droit de rouler dans le parc une fois la nuit tombée, sauf pour se rendre des bungalows au restaurant.

- Oui, à propos pourquoi t'a-t-elle dit cela ? Je parlais avec Bob à ce moment-là.

- Tout simplement parce que les animaux sauvages se baladent dans la nature, il faut prendre une voiture pour aller manger, autrement on peut se faire attaquer. En plus il est impératif d'avoir une lampe torche et de bien éclairer devant soi quand on va du bungalow à la jeep. Ça promet !

- L'aventure quoi ! Tu as une lampe je crois ?

- Oui, Monique m'a prêté la sienne.

La route était toujours aussi mauvaise, de temps à autre il fallait doubler un camion et c'était une manœuvre dangereuse en raison des trous qui crevaient la chaussée. Pourtant la compagnie d'autobus qui assurait les liaisons entre la capitale et les différentes villes du pays avait des chauffeurs kamikazes. Déjà sur le "goudron" le Toyota avait été dépassé par ses bus qui roulaient à une vitesse folle qu'ils avaient estimée à au moins cent vingt à l'heure, mais maintenant sur cette route défoncée, ils trouvaient quand même le moyen d'aller plus vite que le tout-terrain.

- Ils doivent être brassés comme dans un lave-linge, ironisa Marc.

- Ouais. Il faut avoir le cœur bien accroché pour prendre le bus ici.

Il était seize heures passées lorsque enfin ils arrivèrent à Msembé, l'entrée du Parc. Mbessy se dirigea vers la guérite où se trouvaient les rangers. Pendant que le chauffeur acquittait le droit d'entrée dans la réserve, Marc et Jean-Claude descendirent de la voiture pour se délasser les jambes. Le parking surplombait la rivière. La "Great Ruaha River" et Marc dit soudain à Jean-Claude :

- Regarde dans l'eau, là-bas, tu vois près des rochers, on dirait un crocodile, ouais, ça bouge.

- Tu as raison, il vient de plonger la tête sous l'eau. Ah ! maintenant que tu me l'as dit, j'en vois un autre, deux, même, putain ils sont grands comme des sous-marins de poche !

Mbessy reprit le volant et la direction du "Ruaha River Lodge", ils passèrent rapidement devant un panneau en bois indiquant "crocodile pool". Le Toyota soulevait une haute colonne de poussière de latérite derrière lui, la savane s'étendait à perte de vue, immense et majestueuse. La végétation semblait être brûlée par le soleil, la saison des pluies n'était prévue que pour dans deux mois.

L'herbe couleur de chaume était haute, et les buissons dénudés de tout feuillage offraient un triste spectacle de désolation, les baobabs et les autres arbres de la savane n'offraient plus qu'une ramure rabougrie.

Ils arrivèrent enfin. Sur la droite, des cases en pierres apparentes, recouvertes d'un chaume local en guise de toit, devaient sûrement être les quartiers réservés aux cent et quelques rangers. Un garage construit dans le même style abritait une douzaine d'engins tout-terrain de couleur vert olive, dont les portes étaient frappées du blason des parcs nationaux tanzaniens.

- Ce sont les véhicules de patrouille des "rangers", dit Mbessy.

Comme dans tous les parcs africains il y avait ces fameux vigiles. Leur but principal était de lutter contre les braconniers qui tuaient les animaux pour leurs défenses en ivoire ou leurs cornes, dont les marchés du Sud-Est asiatique sont très demandeurs. Le tout-terrain stoppa, il leur fallut monter une vingtaine de marches pour accéder au bungalow de la réception où deux employés noirs les accueillirent. Une fois les formulaires remplis, un jeune homme leur demanda de les suivre. Mbessy suivit la jeep du camp et s'arrêta devant un "banda". C'était une sorte de petite casemate construite en pierre apparente, couverte d'un toit en chaume. Elle était au bord de la rivière qu'un modeste courant alimentait en se faufilant entre de grosses roches grises, polies par l'érosion. Ils gravirent une demi-douzaine de marches et atterrir sur une minuscule terrasse où, au maximum, trois chaises et une table pouvaient tenir place. Deux piliers en bois supportaient un auvent qui prolongeait le toit. Une porte, à deux battants indépendants, donnait accès à l'intérieur de la bâtisse dont le sol était cimenté et recouvert de petites nattes. Deux lits en fer séparés par une table de nuit sur laquelle se trouvait une lampe de chevet, une table en bois surmontée d'un miroir. Les murs étaient nus de tout revêtement, en pierre apparente, comme l'extérieur. De chaque côté de la porte deux fenêtres, un grillage moustiquaire en guise de carreaux. À gauche, au-dessus de la table de chevet une plus grande ouverture, elle aussi fermée par une moustiquaire, tenait lieu de fenêtre. Chacune de celles-ci était dotée d'une sorte de rideau de toile très rudimentaire qu'il fallait tirer vers le bas pour empêcher la lumière du jour de pénétrer à l'intérieur. Apparemment la porte fermait mal, on pouvait voir la terrasse au travers des interstices par lesquels les moustiques n'auraient sûrement aucun mal à s'introduire dans la chambre. Au fond de la pièce, Marc ouvrit une porte. C'était la salle d'eau, un petit lavabo à droite, scellé dans le mur, une petite glace accrochée juste au-dessus, qu'une ampoule éclairait. À gauche une douche isolée par un rideau en plastique et enfin une toilette. L'ensemble était on ne peut plus sommaire.

Jean-Claude fit remarquer à Marc qu'à défaut de climatisation il leur faudrait utiliser des bombes aérosol, pour éloigner les moustiques. Il n'y avait ni téléphone, ni télévision. En dépit de tous ces moins, le fait de se trouver si près de la nature était tellement intense, qu'il fit passer le confort au second plan. Le réceptionniste leur dit qu'il n'y avait plus de lumière après vingt-deux heures, car le courant était produit par des panneaux solaires et aucun moteur, autre que celui des voitures, ne fonctionnait sur la concession.

- Je vais vous montrer où se trouve le restaurant, à cette heure-ci nous pouvons nous y rendre à pied, il n'y a aucun danger, mais lorsque vous irez dîner ce soir, vous devrez prendre votre voiture. À la nuit tombée les animaux sauvages viennent rôder autour des bungalows et vous pourriez vous faire attaquer, les buissons sont très hauts et parfois ils se cachent derrière, alors s'il vous plaît, soyez prudents.

« Le Ruaha Lodge est réputé pour ce côté très proche de la nature, mais il faut être vigilant. La nuit si vous êtes éveillés, vous entendrez sûrement les éléphants passer à quelques mètres seulement de votre banda Ne sortez pas. Vous pouvez rester sur la petite terrasse pour écouter ou regarder, ayez toujours une lampe électrique.

- Il y a des moustiques ici ? demanda Jean-Claude.

- Non Monsieur, pas à cette époque de l'année.

- À quelle heure sont les repas ?

- Pardon, j'allais y venir. Le dîner est servi à partir de dix-neuf heures trente jusqu'à vingt et une heures, le petit déjeuner, jamais avant sept heures du matin à cause de la présence des animaux, et le lunch commence de midi à deux heures. D'autres questions, messieurs ?

- Vous blaguez au sujet des animaux, ou c'est vrai ?

- Non Monsieur, nous ne pouvons pas plaisanter avec ces choses-là. Il y a trois ans, un touriste allemand a été blessé assez sérieusement. Votre guide vous le dira aussi, en brousse il faut faire très attention, ne pas descendre de voiture n'importe où, ou encore vous approcher trop près des animaux, surtout des éléphants.

- Merci de tous ces précieux conseils, fit Jean-Claude.

- De rien Monsieur, maintenant suivez-moi, je vais vous faire voir où se trouve le restaurant.

- Oui, c'est ça, allons-y. Où est Mbessy ?

- Il nous attend dans le 4x4.

Le Toyota suivit la petite jeep qui emprunta une piste qui se faufilait entre de gros bouquets d'arbres, le jour commençait à tomber, dans une demi-heure il ferait sûrement nuit noire.

La salle de restaurant était unique en son genre. On ne pouvait se croire ailleurs qu'au fin fond de l'Afrique.

De forme légèrement ovale, la salle faisait une quarantaine de mètres de long sur une vingtaine de large. Un petit muret haut d'une cinquantaine de centimètres la ceinturait, sur lequel, côté bar, des coussins étaient disposés pour permettre aux consommateurs de s'asseoir. Deux ouvertures y donnaient accès de chaque côté. Tous les trois ou quatre mètres, de petits troncs d'arbres, cimentés dans le muret soutenaient la charpente qui supportait le toit en chaume. Le plafond était tapissé de planches de bois pour prévenir toute chute de brindilles ou de paille. De plus gros troncs, enfoncés profondément dans le sol dallé de la salle, servaient de murs porteurs. L'ensemble était une belle réalisation architecturale, rustique mais apparemment très robuste.

- Mais dis-moi, remarqua Jean-Claude, la salle est ouverte à tous les vents, ni murs, ni portes, pas la moindre protection contre les animaux qui peuvent rentrer par n'importe où, à tout moment.

- Ma foi, faudra poser la question, j'espère que les lions ne viendront pas dîner avec nous ce soir.

Le mobilier était en rotin, tant les tables que les fauteuils et les chaises du bar qui se trouvait à droite en entrant.

- Bien messieurs, voilà je vous laisse maintenant, dit le réceptionniste.

- Oui, merci pour tout, répondit Jean-Claude.

Mbessy les ramena au bungalow ; comme il était déjà venu avec ses patrons il n'éprouva aucun mal à s'orienter. Il leur monta les bagages et demanda à quelle heure il devait venir les chercher pour aller dîner.

- Viens vers dix-neuf heures, donne un coup de klaxon si on n'est pas sur la terrasse, ok ? lui dit Jean-Claude.

- Et si on se prenait un petit scotch en attendant mieux, pour se remonter le moral, proposa celui-ci.

- Bonne idée, mais on n'a pas de glaçons, ici c'est pas les palaces de Hong-Kong, la "suite" n'a pas de mini bar réfrigéré, dit Marc.

- Qu'importe, à la guerre comme à la guerre.

L'inspection de la chambre révéla d'autres surprises. Une note de la direction, glissée dans une chemise en plastique, confirmait qu'après vingt-deux heures, la lumière était coupée et qu'il fallait attendre quelques minutes pour avoir de l'eau chaude pour la douche. Ce qui inquiétait Jean-Claude était le fait qu'il n'y ait pas de vitres aux fenêtres et, qu'à la place, ce ne soit qu'une fragile moustiquaire.

- J'espère que la nuit n'est pas trop fraîche, c'est dingue cette moustiquaire, la poussière doit rentrer partout. Tu te rends compte si un animal, je ne sais pas moi, un lion mal intentionné donne un coup de griffe là-dedans, il arrache ce foutu grillage de quatre sous, et d'un bond se retrouve dans la pièce !

- Ah ! ne dramatise pas tout, sois tranquille, je pense que ça n'est jamais arrivé, autrement il y aurait une autre protection.

- Non, mais tu as vu quand on est revenus, toutes les crottes d'éléphants qui jonchaient le sol ?

- Oui, j'ai remarqué, il y en a même une juste au bas des marches du bungalow.

- Imagine qu'un éléphant pète les plombs et qu'il arrache un des piliers qui soutient l'auvent, on prend tout le toit sur la gueule.

- Ah ! Jean-Claude tu fabules, arrête avec tes scénarios catastrophe, pourquoi veux-tu que tout cela arrive ?

- Non, je plaisantais, mais en matière de sécurité, il y a quand même mieux ! Il n'y a qu'un petit loquet qui ferme la porte du bas et une espèce de targette pour celle du haut. Quant aux moustiques, ils n'ont pas besoin de rentrer le ventre pour passer par les interstices des portes et des fenêtres !

- Sauf en sortant, s'ils nous bouffent toute la nuit…

Ils sortirent sur la petite terrasse et allumèrent la lampe à pétrole qui se trouvait sur la table. Aucune autre lumière n'éclairait l'extérieur du banda.

La rivière se trouvait tout juste à deux mètres en contrebas et un discret courant chantait en se faufilant parmi les roches grises et lisses du lit qui, à la saison des pluies, devait se transformer en quelques heures en un véritable torrent apportant à la nature la vie nouvelle qu'elle avait attendue pendant des mois de sécheresse.

- Cela doit être un sacré spectacle à la saison des pluies.

- Ouais, tiens écoute, tu entends ?

- Non quoi ?

- De l'autre côté de la rivière, j'ai entendu les cris d'un animal…

- On est prévenus, il faut faire attention.

Mbessy s'installa au volant du Toyota et se dirigea vers le banda. Au total il devait y en avoir une vingtaine, répartis sur le territoire de la concession, distants les uns des autres d'une trentaine ou d'une quarantaine de mètres, selon la configuration du terrain. Chaque "banda" disposait d'un système de panneaux solaires et d'une réserve d'eau douce.

Ils montèrent dans le tout-terrain qui démarra en direction du restaurant. Il faisait nuit et ils comprirent facilement qu'il leur eut été impossible de s'y rendre à pied. C'était évident, l'endroit était particulièrement dangereux.

- Tu viendras nous rechercher vers vingt et une heures trente, d'accord ?

- Sawa sawa, oui d'accord, je vais aller dîner maintenant, répondit Mbessy.

Jean-Claude et Marc se dirigèrent vers la salle et s'assirent dans l'espace réservé au bar, près du muret. Dehors un feu de camp était allumé. Des touristes allemands, peu soucieux d'avoir le dos tourné à la rivière, étaient assis autour, devisant bruyamment.

- Ils sont fêlés ces Teutons, tu as vu?

- Pourquoi? Parce qu'ils tournent le dos à la brousse? Tu sais bien que le feu éloigne les animaux sauvages, non?

La gérante s'amena vers eux, toute souriante. C'était une anglaise dans la cinquantaine, elle portait une petite robe à fleurs, très simple. Son apparence cadrait tout à fait avec l'environnement, on se serait cru dans une scène de "Out of Africa" de Sydney Polak.

Elle prit place sur une chaise en face d'eux et leur demanda s'ils avaient fait bon voyage. Elle s'excusa de la nourriture.

- Vous savez, ça n'est pas gastronomique, il faut faire avec ce que l'on trouve, nous sommes obligés d'aller une fois par semaine à Iringa pour acheter la nourriture et les boissons, nous faisons pour le mieux. Enfin, disons que nous mangeons, que nous assurons une nourriture de survie... vous ne mourrez pas de faim!

Comme le leur avait déjà conseillé le réceptionniste, elle leur répéta de faire attention. La concession était située au beau milieu du parc et cette position était exceptionnelle à cet égard, en outre elle présentait l'avantage, par rapport aux autres parcs tanzaniens, d'être ouverte tout au long de l'année, même à la saison des pluies.

- Dites-moi, j'ai remarqué qu'il n'y avait aucun mur de protection dans la salle de restaurant, ce n'est pas dangereux ? demanda Jean-Claude.

- Non, les animaux ne sont pas loin, c'est vrai, la curiosité les attire, de même que l'odeur des aliments, mais vous savez les lumières les tiennent à distance, c'est pourquoi il est interdit de regagner les bandas à pied une fois la nuit tombée. Vous comprenez, ils se cachent derrière les buissons, il y a des hyènes, des chacals, parfois d'autres prédateurs, et les éléphants sont également très nombreux qui viennent boire dans la rivière.

- Mais certains, plus audacieux, n'ont jamais essayé d'entrer ?

- Ils le font, quand toutes les lumières sont éteintes nous voyons parfois trace de leur passage nocturne, mais ne craignez rien. On peut vous servir quelque chose à boire ?

- Après toutes ces émotions, sûrement, dit Jean-Claude, Marc que prends-tu ? Ah ! c'est vrai, il adore la "Kilimandjaro", pour moi ce sera un Chivas on the Rocks.

- Ali, please come here, fit Élisabeth à l'endroit d'un serveur. Donc vous restez trois nuits ici, puis vous retournez à Dar. Vous avez visité Zanzibar? Oui, très bien, c'est quelque chose à ne pas manquer. Je vous laisse maintenant, je dois aller saluer d'autres personnes. Je vous souhaite un bon séjour ici. Bye.

- Pour un peu, on se croirait à Londres, si ce n'était le décor.

- C'est vrai. J'ai cru comprendre que ses enfants sont nés ici en Tanzanie, donc cela doit faire un bon bout de temps qu'ils sont dans le coin. Le gars, là-bas à côté d'elle, doit être son mari, très british lui aussi.

- Le service est commencé, Jean-Claude, on y va?

Effectivement, le chef ne pouvait se glorifier d'une notoriété internationale, c'était mangeable, sans plus. Mais à vrai dire, ils n'étaient pas non plus venus en brousse pour bien manger, ils le savaient depuis le départ, Monique le leur avait dit.

La salle de restauration comportait une vingtaine de tables. Marc compta rapidement les dîneurs, quatorze au total, y compris les gérants.

- Il n'y a pas grand monde, mais il faut dire que ce n'est pas la meilleure saison non plus.

- Non, je crois qu'en juillet et août, c'est plein, du moins c'est ce que m'a dit ma cousine. Note bien que, dans un sens, c'est plus tranquille, surtout pour visiter le parc. Ah! j'oubliais, on ne lui a pas demandé si elle avait un itinéraire ou une carte du parc pour nous repérer. La voilà qui s'amène, tu peux lui poser la question?

Élisabeth revint avec un petit dépliant sur le parc, où étaient indiquées les différentes pistes à suivre pour voir les animaux.

- Avec ça vous devriez vous débrouiller. Si votre chauffeur ne s'y reconnaît pas, je vous recommande nos guides, c'est plus sûr, parce que vous savez ils sont quand même des spécialistes, presque tous nés dans la région. Je vais vous donner le tarif de nos excursions.

- D'accord, merci, il se peut que nous vous fassions appel.

Mbessy les reconduisit au banda et repartit immédiatement avec le 4x4.

- J'ai l'impression que si je restais ici une dizaine de jours, je perdrais plusieurs kilos, c'est une nourriture de jockey qu'on bouffe ici, enfin la bière est bonne et, poussée par un petit scotch, tout ira pour le mieux, n'est-ce pas Marc ?

Prévoyant, Jean-Claude avait acheté une bouteille de J & B dans un "liquor store" d'Oyster Bay à Dar.

- Tu en prendras un pour m'accompagner ?

- Non, ma foi, j'ai ma ration pour ce soir, fit Marc.

- Tu as tort, le whisky c'est bon pour les artères, regarde, Winston Churchill en consommait beaucoup plus que moi, il est mort à quatre-vingt-onze ans, la Reine d'Angleterre en descend un ou deux tous les soirs, comme des milliers de british, alors tu vois, moi je pense qu'ils ont raison, ils entretiennent leur santé ! Pendant que tu baratinais Élisabeth, la gérante, pas la Reine, je me suis procuré des glaçons au bar, alors ?

- Non, sans façon, je suis crevé, tu devrais te pieuter toi aussi. Demain commenceront les choses sérieuses.

- Salut, bonne nuit, je vais savourer un scotch sous les étoiles africaines, en attendant que les éléphants viennent me tenir compagnie.

Il ne se passa rien, Jean-Claude perçut quelques bruits, un pas lourd, quelque part, assez proche, suivit d'un froissement de branches. Il était évident que des éléphants devaient prélever un petit encas en se rendant boire dans la rivière toute proche Il eut beau regarder, scruter les ténèbres, il ne vit rien et, déçu, partit se coucher. Il souffla la flamme de la lampe, prit la torche électrique, mais ne s'en servit pas, car la lune éclairait suffisamment l'intérieur du banda. Il ferma la porte, le battant du bas ne présenta pas de difficultés, mais en revanche celui du haut fermait mal. Il prit mille et une précautions pour ne pas réveiller Marc mais fut néanmoins obligé de le claquer pour réussir à le fermer. Bien que les rideaux fussent tirés, il trouva son chemin à tâtons et finit par arriver à la tête de son lit. Il se coucha et trouva rapidement le sommeil.

Il était trois heures du matin lorsque Marc se réveilla. Il lui avait semblé entendre un bruit sourd, non loin du banda. Il se leva sans bruit, regarda sa montre et se dirigea avec précaution vers les toilettes d'où il croyait venir le bruit. Il écarta le rideau de la petite fenêtre qui donnait sur l'arrière. À nouveau il entendit le même bruit. Ses yeux s'étaient maintenant habitués à la pénombre et il distingua une masse noire qui se déplaçait lentement. C'était un éléphant qui devait sûrement aller boire dans la rivière. Le pachyderme cassa vraisemblablement une branche d'arbre avec sa trompe car Marc perçut distinctement un bruit sec. Puis l'animal disparut. Il resta encore quelques minutes à écouter, n'entendant plus rien il retourna se coucher et constata que le bruit n'avait nullement réveillé Jean-Claude qui dormait du sommeil du juste.

Une fois prêts, ils décidèrent de se rendre à la salle à manger à pied, pour y prendre leur petit déjeuner.

- Tu n'as rien entendu cette nuit, Jean-Claude ?

- Ma foi non, j'ai dormi comme une souche, il y avait quelque chose à entendre ?

- Oui, moi j'ai perçu un bruit sourd, derrière le bungalow, alors je me suis levé et suis allé voir par la fenêtre des toilettes, j'ai vu le dos d'un éléphant. Il était à peu près à une demi-douzaine de mètres. Tiens, d'ailleurs par terre, il y a une crotte toute fraîche.

- Ouais, exact, mais regarde en face, de l'autre côté de la rivière, c'est une troupe de babouins.

Une trentaine de ces singes se dirigeaient vers le lit de la rivière pour y boire. Les mâles dominants précédaient la marche, regardant fébrilement les alentours, l'un d'eux sauta sur un rocher pour mieux y faire le guet pendant que les mères et les petits commençaient à se désaltérer. Un peu plus loin, ils observèrent également des gazelles de Thompson qui, elles aussi, venaient boire furtivement.

Après quelques hésitations, ils réussirent à retrouver le restaurant et y prirent leur "breakfast".

Mbessy devait venir les chercher à huit heures au bungalow pour qu'ils commencent leur safari. Sur le chemin du retour, ils virent des dizaines de crottes d'éléphants qui témoignaient du passage de ceux-ci, en grand nombre.

- Qu'est-ce que c'est ça, Marc, on dirait comme des épines de porc-épic ?

- Oui, ça m'en a tout l'air. Je vais en ramasser quelques-unes en souvenir.

- Moi aussi, mais alors le pauvre s'est fait bouffer parce que regarde elles sont éparpillées partout. Faudra demander au guide.

Leur chauffeur était précis au rendez-vous et ils montèrent dans le Toyota.

- Avec la carte on devrait s'en sortir, au fait il doit connaître Mbessy puisqu'il est déjà venu avec ta cousine ?

- Non Monsieur, mes patrons étaient avec des amis et avaient préféré prendre un guide du camp.

- Ah bon, essayons quand même ce matin, si ça ne marche pas, on prendra un gars cet après-midi. Allez en route. Voyons, nous sommes ici, donc il faut prendre cette route par aller vers la W8, Élisabeth nous en a parlé hier au soir. Let's go Mbessy.

-Yes sir.

Le Toyota prit la route indiquée, elle n'était pas trop mauvaise. Ils roulaient depuis environ un quart d'heure lorsqu'ils eurent leur première sensation. Deux girafes étaient en train de brouter les feuilles d'un acacia, Mbessy stoppa et Marc baissa la vitre pour mieux les voir.

Elles tournèrent la tête, les regardant avec curiosité, sans méfiance, et soudain, sans qu'aucun bruit ou mouvement ne vînt les perturber, l'une d'elle pivota sur ses pattes arrière et en deux bonds fut rapidement à une vingtaine de mètres plus loin, immédiatement suivie par l'autre girafe.

- Elles font toujours comme ça, leur dit le chauffeur, elles regardent et puis partent en courant, mais elles ne vont pas loin.

Le tout-terrain dut ralentir pour ne pas écraser des dizaines de pintades qui picoraient les bouses au beau milieu de la piste. Au lieu de s'envoler ou de se réfugier dans les hautes herbes ou sur le bas-côté de la route, elles couraient bêtement devant le véhicule en criaillant.

- Elles sont superbes ces pintades. Je ne comprends pas pourquoi le Chef n'en met pas au menu au lieu de nous refiler cette horrible barbaque comme on a mangé à midi !

- Oui, d'autant qu'une douzaine par-ci par-là ne devrait pas faire baisser le nombre, depuis que l'on roule on en a déjà vu des centaines. Elles sont réellement magnifiques et bien dodues. Tiens, zieute là, à gauche deux antilopes avec les cornes vrillées, c'est sûrement des mâles, les femelles sont là-bas, plus loin sous les arbres.

En franchissant un gué asséché, ils virent deux ravissants martins-pêcheurs qui scrutaient d'un regard connaisseur les rares flaques d'eau.

Lorsqu'ils arrivèrent en bas d'une petite descente, un troupeau d'une cinquantaine de buffles leur coupa la route en la traversant et en soulevant derrière eux sur leur passage une épaisse colonne de poussière. Deux ou trois mâles s'arrêtèrent devant le tout-terrain et les regardèrent avec insistance, leur regard ne traduisait aucune expression. Des pique-boeufs qui suivaient le troupeau se mirent tout de suite à l'ouvrage sur leur puissant dos pour en déloger les tiques.

- C'est bizarre, ces animaux-là, ils sont imprévisibles, ils pourraient nous charger à tout moment, ils n'ont peur de rien, même pas des lions. D'après ce que j'ai lu, c'est parfois l'inverse, les mâles n'hésitent pas à foncer sur une troupe pour les chasser d'un point d'eau et, quand les lions tuent un bufflon il paraît qu'ils peuvent eux-mêmes en faire autant aux lionceaux en les piétinant à mort. Dur, dur... la nature, conclut Jean-Claude.

Mais tous deux se posèrent la question. Ce matin dans la concession, ils avaient vu des dizaines de crottes laissées par les éléphants, maintenant c'était pareil, elles jonchaient le sol en grand nombre et jusqu'ici il n'en avait pas vu un seul distinctement.

À nouveau, et cette fois de beaucoup plus près, ils virent des babouins qui déambulaient sur la piste qu'ils abandonnèrent rapidement à l'approche du véhicule, pour sauter dans les branches des arbres qui la bordaient. Apparemment ils n'avaient pas peur mais préféraient simplement garder une certaine distance.

Encore et toujours des gazelles de tailles et d'espèces différentes, elles étaient visibles à travers les hautes herbes sous les arbres, s'arrêtant de brouter et regardant dans leur direction, prêtes à déguerpir au plus vite.

- Tiens, c'est ce qu'on a vu hier soir ça "crocodile pool", on doit sûrement en voir, allons-y Mbessy.

Ils arrivèrent au bord de la rivière, sur un petit talus qui la dominait de trois à quatre mètres. Ils descendirent de voiture et, ne voyant rien aux alentours immédiats, ils s'approchèrent plus près. Une bonne vingtaine de crocodiles, la tête légèrement immergée, flottaient ou nageaient entre deux eaux. Ils étaient énormes, comme ceux vus la veille, mesurant trois ou quatre mètres, certains davantage. Non loin d'eux, quelques hippopotames semblaient endormis, le corps plongé dans l'eau jusqu'à hauteur du garrot. Ils restaient immobiles, totalement indifférents à la présence des reptiles, qui ne les attaquent jamais. Une sorte de paix tacite règne entre ces animaux qui partagent le même environnement.

Marc alla jusqu'à une petite butte, ramassa un caillou et le jeta dans l'eau, non loin d'un crocodile, simplement pour voir sa réaction. Un petit "floc" se fit entendre et l'onde provoquée par la chute du projectile se dirigea vers l'animal qui disparut sous l'eau. Il réapparut plus près à la surface redevenue calme. Jean-Claude filma la scène et ils reprirent place dans le 4x4. Ils virent un autre panneau indiquant "Panoramic View", ils suivirent la piste étroite qui y menait et une fois arrivés à ce point culminant du parc, ils purent voir tout en bas dans le lit de la rivière un hippopotame solitaire qui entrait dans l'eau, seule la masse grise de son large dos était visible maintenant.

- Tu as remarqué ce bruit de fond incessant, que l'on entend partout dans le parc ?

- Non, précise, répondit Marc.

- C'est comme le chant des tourterelles, tiens écoute ce "roucou-cou, roucou-cou" à longueur de temps, c'est réellement typique à la savane.

- Oui et le plus bizarre, c'est qu'on ne voit pas les oiseaux.

- Non, on ne fait que les entendre.

Sur la route du retour, ils aperçurent un troupeau de zèbres qui les regardèrent passer sans affolement.

Il était déjà plus de onze heures trente et, sans être déçus, ils convinrent qu'ils n'avaient pas vu grand-chose. Ils décidèrent de rentrer déjeuner et prendre un guide du parc pour faire une meilleure excursion dans l'après-midi.

Élisabeth était en train de parler au barman lorsque Jean-Claude et Marc firent leur entrée au restaurant. Elle vint vers eux et leur demanda si tout s'était bien passé et s'ils avaient vu beaucoup d'animaux.

- Très peu, non, d'ailleurs on voulait vous demander si on ne pourrait pas avoir un guide pour tantôt. Le parc semble très étendu et nous n'avons pas dû prendre les bonnes pistes.

- Peut-être, mais vous savez les animaux changent de secteur selon les heures de la journée et en fonction de la nourriture qu'ils chassent ou qu'ils trouvent. Parfois ils vont d'un bout à l'autre du parc. Nos guides connaissent bien leurs habitudes et savent où les voir. Donc, si vous voulez je vous donnerai Joseph, c'est le "spotter", il aura un chauffeur avec lui. Ils viendront vous prendre au banda à quinze heures trente et vous emmèneront plus loin, jusqu'à la tombée de la nuit. Ok?

- Ça marche, on les attend chez nous à l'heure prévue.

Le déjeuner terminé, ils regagnèrent le banda en empruntant un autre chemin, plus court cette fois. Toujours ces traces du passage des éléphants. Certains arbres avaient souffert, leurs troncs n'avaient plus d'écorce, les pachydermes avaient dû l'arracher pour la manger, ou se frotter le long de toute leur puissance.

Joseph sauta de la petite jeep et vint se présenter aux deux Français qui devisaient tranquillement sur la terrasse.

- Hello sir, my name is Joseph, I am your "spotter"

- Bonjour Joseph, alors c'est vous notre guide, parfait, allons-y.

Ils prirent place dans un petit tout-terrain de fabrication japonaise. Rien de comparable avec le gros 4x4 de Monique. À l'avant, bien sûr, le chauffeur et le guide qui monta, plus tard, sur le siège pour voir plus loin. Sur la partie plateau du véhicule, deux banquettes de trois places étaient aménagées, chacune surélevée par rapport aux sièges situés devant elle. Cet agencement permettait de voir très loin sans être gêné par la personne se trouvant assise devant soi. Une sorte de toile plastique de la même couleur que la voiture était tendue au-dessus de la tête des passagers pour les protéger du soleil. Par contre, il n'y avait pas de porte et on pouvait monter sur les sièges arrière en se servant du pneu comme d'un marchepied.

- Plutôt folklorique, la bagnole dit Jean-Claude. Elle est ouverte à tous les vents. C'est pas les vitres qui vont nous gêner pour voir ! Bien étudié quand même, sauf si un animal nous attaque, on est foutus, aucune protection.

Joseph dit au chauffeur de démarrer, et le véhicule prit tout de suite une autre direction que celle qu'ils avaient empruntée le matin.

Rapidement ils virent des zèbres flanqués de leurs fidèles compagnons d'infortune, les gnous. Joseph fit stopper la voiture et leur indiqua la présence d'une lionne dans les hautes herbes, il y avait les restes d'un zèbre que les lionceaux sentaient en essayant d'en grignoter la chair. Elle était assise sur son train arrière, regardant dans la direction du troupeau qui passait non loin de là. Joseph leur dit de bien observer l'animal car elle fixait très attentivement un zébron qui marchait aux côtés de sa mère, le petit ne devait avoir que quelques jours. Le moment était fort, intense. Un des mâles dominants du troupeau regarda dans la direction de la lionne, prêt à donner le signal de la fuite si elle quittait sa position, mais la lionne se recoucha.

- Je pense qu'ils l'ont échappé belle, dit Marc.

- Ouais, c'était très tendu !

La jeep reprit sa progression, en haut d'un arbre sec et dépouillé de toute végétation, un marabout scrutait les environs, prêt à prendre son envol. Ils passèrent devant un baobab complètement massacré. De longs lambeaux d'écorce gisaient à terre.

- C'est le travail des éléphants, ils démolissent tout. Vous voyez ils arrachent l'écorce et après cassent l'arbre. Regardez le grand trou dans le milieu de l'arbre, vous voyez ? avec les défenses et la trompe ils creusent un trou dans l'arbre pour se désaltérer, car le baobab renferme de l'eau. Regardez…

Enfin ils virent leur premier éléphant de près. C'était une femelle accompagnée de son petit. La voiture stoppa pour que Jean-Claude filme. La femelle regarda dans leur direction ; furieuse, elle écarta ses immenses oreilles et les agita dans un nuage de poussière, elle leva sa trompe menaçante et émit un barrissement sonore en esquissant comme une charge. Ils n'en étaient qu'à une vingtaine de mètres et décidèrent de la laisser en paix. Un peu plus loin le chauffeur stoppa à nouveau, une douzaine de vautours au cou ensanglanté se disputaient le cadavre d'un petit buffle. Deux ou trois chacals tournaient autour, attendant le moment propice pour essayer de grappiller quelques morceaux avant que les hyènes n'arrivent et chassent tous ces charognards.

Le "spotter" connaissait bien son travail et, grâce à lui, ils découvrirent beaucoup d'animaux de la savane. Joseph leur donnait les noms en swahili ainsi ils apprirent que buffle se disait myati - éléphant, tembo - girafe, twiga - lion, simba - hyène, fisi - et bien d'autres noms encore.

La nuit commençait à tomber, après s'être concertés, les deux amis décidèrent de partir le lendemain pour toute la journée avec Joseph. Il leur avait donné les horaires. De huit heures trente à seize heures trente. Ils déjeuneraient en brousse d'un sandwich préparé par le chef.

16

- Jean, il va falloir penser à inviter les parents de Jean-Claude dès qu'il sera rentré de Tanzanie. Cette année c'est notre tour, l'année dernière nous étions allés à Nantes, et même si sa mère n'est pas toujours très agréable, nous ne pouvons pas faire autrement.

- Oui, j'y pensais également l'autre jour, d'accord. J'espère que tout se passera bien car avec les turpitudes de notre fille, la situation peut devenir explosive, souviens-toi la dernière fois, c'était limite ! De toute façon, ses parents sont au courant puisqu'ils l'ont vue avec Marc, alors ! Mais je crains le pire, parce que Madame Émilie n'a pas la langue dans sa poche et il nous sera difficile de défendre Chantal, soyons sérieux.

- Que faire, ne pas les inviter ? Pour quelle raison ? Ne serait-ce pas leur donner l'impression que nous défendons l'attitude de notre fille, que nous adoptons la position de l'autruche, pire : que nous avons honte ?

- Un peu si, mais tu ne te sens pas gêner par la façon de faire de Chantal ?

- A-t-elle tous les torts ?

- Arrête Yvette. En admettant que Jean-Claude en ait certains, est-ce une raison pour aller cavaler avec un autre type ?

- Je lui parlerai, je verrai bien ce qu'elle a comme raison de se conduire de la sorte.

La discussion entre mère et fille tourna rapidement à l'aigre. Chantal n'admit franchement rien, mais en revanche déclara qu'elle était majeure et qu'elle n'avait de compte à rendre à personne, qu'elle était en droit de faire ce qu'elle voulait. De toute façon elle n'assisterait pas à ce déjeuner car sa belle-mère n'était qu'une vieille poivrote qui hallucinait et accusait les personnes à tort et à travers.

- Te rends-tu compte que tu nous mets dans l'embarras complet Chantal ? Nous n'avons rien contre tes beaux-parents. Tous les ans nous nous rencontrons en fin d'année pour maintenir les liens qui doivent normalement exister entre deux familles, et toi tu viens tout détruire, comme ça ! Si tu n'avais rien à te reprocher, au contraire tu devrais assister à ce repas et répondre vertement aux éventuelles insinuations. Permets-moi de te dire que ton attitude t'accuse.

- Je m'en fous, je suis une femme libre. Je ne suis pas comme toi. Après tout, qui me dit que tu n'en aurais pas fait autant ?

- Ce que tu me dis est honteux Chantal, tu n'es qu'une petite imbécile

- Désolée, ma chère maman, salut !

Yvette rendit compte à Jean de son entretien avec leur fille.

- Tu as absolument raison, elle se culpabilise toute seule, mais bon dieu que veut-elle ?

- Yann, je passe te prendre ce soir à la fermeture du magasin. On va dîner dans une auberge en Brière, il paraît que c'est sensas.

- Non, inutile de venir, je ne peux pas. Je sors avec Jacqueline et son frère Eric. Je te l'ai dit, il était en Guyane pendant deux ans, il est rentré avant hier et elle veut me présenter mon futur beau-frère parce que…

- Une seconde, je te prie ! Tu veux me dire que je passe après ce mec ?

- C'est pas ça Chantal, mais il est normal que je le rencontre, on va bientôt être de la même famille.

- Ah ! parce que tu tiens toujours à te marier à ta dactylo ?

- Arrête d'insulter Jacqueline, tu commences à me plaire avec tes conneries. Je vais te dire une dernière chose, avec Eric, mon beau-frère, on a décidé de faire nos mariages le même jour, c'est pour ça qu'il est rentré de là-bas, t'as compris maintenant ? Alors écoute bien, va te faire foutre. De toute manière tu es trop vieille pour moi, je t'ai menti, je n'ai pas vingt-huit ans mais simplement vingt-cinq et j'en ai marre de sortir avec une vieille, vu ?

Yann raccrocha violemment. Chantal resta prostrée pendant plusieurs minutes. Deuxième engueulade de la journée ! Elle ne devait pas s'abaisser à courir après ce petit morveux, elle avait eu tort de le relancer. Il fallait surmonter cet échec et n'en rien laisser paraître, à qui que ce soit. Allait-elle prendre enfin une bonne résolution et rester tranquille, voir avec Jean-Claude s'il était possible de changer les choses ? Faire un marché, il savait, c'était sûr, sa dernière réflexion ne faisait aucun doute à ce sujet. Alors elle lui jurerait de lui rester fidèle, en contrepartie il s'engagerait à être plus attentionné, plus amoureux et à moins boire.

C'était à tout prendre la solution la plus sage. Dès qu'il serait de retour, ils en parleraient tranquillement, gentiment. Jean-Claude était un garçon intelligent, il écouterait, et comme il l'aimait, la réconciliation se ferait systématiquement.

Elle téléphonerait à sa mère demain matin, pour s'excuser et lui dire qu'elle souhaitait parler à son mari pour obtenir son pardon et repartir dans la vie, d'un nouveau pas. S'ils ne pouvaient pas avoir d'enfant, mais c'était à vérifier sérieusement, ils pourraient peut-être envisager d'en adopter un.

Chantal était pleine de bonnes résolutions. La douche froide qu'Yann venait de lui administrer lui avait fait prendre conscience des réalités et avait eu une réaction positive. Oui elle n'avait plus vingt ans et devrait désormais se calmer et vivre une vie normale, et si à nouveau Jean-Claude était appelé à partir en mission même à l'autre bout du monde, elle le suivrait.

Elle se sentit soulagée d'avoir pris cette résolution et décida d'aller à la piscine plutôt qu'au restaurant, la natation lui ferait sûrement beaucoup plus de bien.

Il pleuvait depuis le début de l'après-midi, le vent s'était levé et la route du bord de mer était glissante et balayée par des rafales de vent venues du large. Chantal roulait vite, comme à son habitude, elle n'était pas attentive à sa conduite et oublia de ralentir en se présentant dans un mauvais virage qu'elle connaissait pourtant bien, elle n'était qu'à trois petits kilomètres de chez elle.

La voiture se déporta à droite, roula sur la berme détrempée, plongea dans le fossé, heurta une borne qui la renvoya sur la route en lui faisant exécuter plusieurs tonneaux.

Les occupants d'une villa située à la sortie du virage entendirent le fracas de l'accident et prévinrent les pompiers de Saint-Nazaire. Ils évacuèrent Chantal qui avait totalement perdu connaissance.

17

Après s'être copieusement restaurés, Jean-Claude et Marc prirent les sacs de nourriture que le chef leur avait préparée pour le lunch de midi. Ils regagnaient le banda à bord du Toyota. Lorsqu'ils arrivèrent à un croisement de pistes, Mbessy leur dit que la veille, après les avoir déposés devant leur bungalow, alors qu'il roulait vers les quartiers du personnel, il avait vu trois grosses hyènes s'enfuir dans les phares du 4x4 et disparaître dans les broussailles.

- Décidément il faut faire attention, dit Marc, on a intérêt à ne pas traîner dehors. Je me demande si c'est même prudent de rester à prendre l'air sur la terrasse après dîner, on ne sait jamais.

- Oui, mais tu dis toi-même que le feu les éloigne.

- Entre un feu et la lumière d'une lampe à pétrole, il y a une marge !

- Bien sûr, je plaisante, on étudiera la question ce soir. Tiens, voilà Joseph qui s'amène. Au fait, tu as remarqué hier ? Il est archi nul ce chauffeur, il a calé trois ou quatre fois. Il passe la seconde lorsque la voiture est presque à l'arrêt, alors pas étonnant que dans les côtes ça se produise à chaque fois.

- J'ai remarqué, il faudra en parler aux gérants, car sa conduite est très dangereuse.

Ils grimpèrent à l'arrière de la jeep puis reprirent la route du parc. Ils roulaient depuis déjà un bon moment lorsque Joseph ordonna au chauffeur de s'arrêter, il se retourna en pointant le doigt vers les hautes herbes.

- Simba, dit-il à voix basse.

Dans les broussailles ils virent trois lionnes qui avançaient lentement, le ventre rasant terre, l'échine baissée et le cou tendu vers un troupeau de zèbres. Ces derniers venaient de sentir la présence des prédateurs et regardaient dans leur direction. Ils poussaient des petits cris pour s'avertir les uns les autres du danger. Une autre lionne qui était tapie dans les herbes se leva à son tour et toutes commencèrent à accélérer leur progression vers le troupeau qui, soudain, détala dans un nuage de poussière lorsque toutes les lionnes lancèrent l'attaque.

Jean-Claude avait filmé la scène et en était satisfait.

La jeep repartit, Joseph leur dit qu'il se dirigeait vers le nord du parc où il savait trouver des lions à cet endroit. Au loin, devant eux un véhicule les précédait. Ils tournèrent à droite sur une piste puis le "spotter" dit au chauffeur d'obliquer vers la rivière pour la traverser. La jeep piqua vers la berge sableuse et s'engagea rapidement dans l'eau qui arriva à mi-hauteur des roues. Celles-ci projetaient des gerbes d'eau boueuse qui retombaient de chaque côté du véhicule en faisant un bruit de cascade. Ils remontèrent sur l'autre bord et Joseph s'installa à nouveau debout sur son siège.

- Heureusement qu'il n'a pas calé au beau milieu de la flotte, dit Jean-Claude.

- Parle pas de malheur !

Sur la gauche, Joseph leur indiqua un groupe de girafes. Marc en compta treize. Elles les regardèrent passer, toujours aussi curieuses. Plus loin, un secrétaire du haut de ses longues pattes, épiait nerveusement tout mouvement pouvant révéler la présence d'un serpent dans les hautes herbes. Une nuée de grues couronnées cessèrent de craqueter à leur approche. Une petite famille de babouins se déplaçait rapidement sous la protection des mâles dominants.

Puis la voiture s'arrêta à nouveau au bord du lit de la rivière, ils découvrirent une troupe de lions forte de vingt-deux membres. Le chauffeur coupa le moteur.

- Pourquoi coupe-t-il le moteur? demanda Jean-Claude à Joseph.

- On ne risque rien Monsieur, les lions n'attaquent pas les voitures.

- Non, mais si un lionceau vient vers nous par curiosité, il sera immédiatement suivi par sa mère ou d'autres lionnes et là on ne sait pas ce qui peut se produire.

- On n'est absolument pas protégés, moi je préfère qu'il redémarre le moteur.

- Ok ! sir.

Joseph dit au chauffeur de remettre le moteur en route. Celui-ci s'exécuta et embraya en première et partit.

- Où va-t-il ? s'énerva Jean-Claude, non seulement il cale à tout bout de champ, il stoppe le moteur quand il ne le faut pas mais il ne comprend rien en plus. Je n'ai pas demandé de partir, tu ne vois pas que je veux filmer les lions ?

- Ok sir !

Le "spotter" expliqua à son collègue, qui semblait dépassé par les événements, qu'il devait revenir là où ils étaient et laisser le moteur tourner.

Un grand mâle se leva, s'étira, bâilla, émit un faible rugissement et se dirigea majestueusement vers une partie de la troupe composée de femelles et de leurs petits vautrés un peu plus loin. Deux lionceaux se levèrent à leur tour et rejoignirent le groupe. L'un d'eux se frotta contre la tête du lion qui venait de se recoucher et qui l'accueillit en retroussant ses babines et en ouvrant grande la gueule, découvrant une puissante dentition. Le lionceau se laissa lourdement choir sur le dos de sa mère qui l'écarta d'un coup de patte. Le spectacle était impressionnant, un sentiment de force et de puissance se dégageait de ces animaux. On les sentait sûrs d'eux, sans crainte et, même la présence de la jeep et de ses passagers ne semblait pas les intéresser et encore moins les intriguer ou leur faire peur. Contrairement à tous les autres animaux, ils ignoraient complètement l'existence de leurs spectateurs.

- Sublime, incroyable de voir cela, nous ne sommes rien pour eux. Ils attendent là, tranquillement au bord de la rivière la tombée de la nuit pour commencer leur chasse, sachant que les animaux viendront boire. Regarde la jeune lionne qui vient de rejoindre la troupe, c'est marrant on dirait qu'elle fait la bise à tout le monde, elle va de l'un à l'autre en leur donnant un ou deux petits coups de langue et elle continue. On a des tas de choses à apprendre de ces animaux ! Tu as vu les Allemands, ceux qui nous précédaient, ils sont de l'autre côté de la rivière, plus loin, ils voient moins bien que nous.

- Il faut dire qu'ils n'ont pas Joseph, le roi des "spotters".

Ils reprirent leur progression ; sur une branche au sommet d'un arbre un aigle pêcheur fouillait la rivière d'un œil expert. Le roucoulement des tourterelles se faisait toujours entendre dans la chaleur matinale. Puis ils tombèrent sur une petite meute de lycaons, ces chiens sauvages, rois de la poursuite. Ils en dénombrèrent une quinzaine, qui semblaient, à l'instar des lions, respecter tout un protocole. Les jeunes femelles venaient vers les autres animaux, des mâles sans doute, les oreilles tirées en arrière, battant légèrement le bout de la queue, plus ou moins coincée entre leurs pattes de derrière, semblant se soumettre à quelque allégeance.

Joseph leur dit que cet animal qui paraissait si humble et docile était en fait craint de tous, même des hyènes. Les chiens attaquent en meute et n'hésitent pas à arrêter leur choix sur un buffle, un gnou ou encore un zèbre, bien que ces animaux soient considérablement plus importants qu'eux, en taille et en poids. Ils choisissent de préférence un jeune ou, à défaut, un animal blessé, vieux ou malade. Leur travail consiste à le séparer du troupeau et à le courser jusqu'à perte d'haleine. Les lycaons ont une endurance phénoménale et peuvent poursuivre un animal sur des distances importantes, ils savent que l'issue leur sera toujours favorable. Les adultes mangent autant de viande qu'ils peuvent pour ensuite la régurgiter à leurs petits et, à l'instar des lions et de bien d'autres animaux de la savane, ont l'instinct très grégaire. Joseph leur fit encore observer que les lycaons dégageaient une odeur très forte presque insoutenable, comme leurs ennemies les hyènes.

À nouveau, couchés paresseusement sur le dos, à l'ombre d'un bouquet d'arbres, ils virent quatre jeunes lions, des célibataires, qui devaient être en train de digérer quelque festin matinal, des nuées de mouches tournaient autour de leurs membres tachés de sang.

- À voir ces lions, je me pose une question. Que représentons-nous pour eux ? Bien sûr dès leur plus jeune âge maintenant, ils sont plus ou moins habitués à "nous" voir, mais j'aimerais savoir comment ils nous appréhendent. À l'évidence nous ne sommes pas des animaux pour eux, une voiture n'est pas un animal car dans ce cas il l'attaquerait ou fuirait. En dehors des odeurs de diesel ou d'essence ils ne perçoivent rien d'autre, la nôtre peut-être ? Une voiture c'est moins gros qu'un éléphant, mais pour eux ça représente quand même une certaine masse qui se déplace en émettant des bruits qu'ils ne peuvent identifier. Pour eux cette chose qu'est un véhicule, n'est pas hostile puisqu'elle ne les attaque pas, elle s'approche lentement, s'immobilise et repart. Peut-être nous distinguent-ils, mais que représentons-nous ? À l'intérieur de la masse, il y a des choses qui remuent, qui émettent des sons, des bruits qu'ils ne connaissent pas au même titre que tous les cris des animaux qui peuplent la savane. Curieux, j'aimerais être dans la peau d'un lion pour le savoir. En tout cas, nous ne les intéressons pas, c'est l'évidence même.

- Dis-moi, tu philosophes Jean-Claude.

- Non, mais j'aimerais avoir une réponse à cette question.

En arrivant près d'un marigot ils débusquèrent une demi-douzaine de phacochères qui détalèrent rapidement la queue dressée en l'air. Toujours des girafes, des zèbres, des gnous, des buffles mais pas d'éléphants ! Et pourtant le parc était réputé pour cela, à voir les crottes qui capitonnaient le sol il était difficile de ne pas le croire.

- Il sera bientôt midi Messieurs, si vous voulez nous allons nous arrêter pour manger, prendre un peu de repos et ensuite nous irons plus loin là-bas, vous voyez où il y a des arbres de l'autre côté de la rivière, on verra beaucoup d'éléphants.

- Ah, enfin ! Alors arrêtons-nous pour prendre des forces.

Joseph scrutait les hautes herbes, il indiqua au chauffeur un endroit non loin d'un gros arbre. La jeep stoppa et tous mirent pied à terre.

L'herbe jaunie, brûlée par le soleil était relativement rase et permettait de voir l'approche d'un animal à une certaine distance. Marc et Jean-Claude s'emparèrent de leurs sacs en papier desquels ils extirpèrent, très dubitatifs, le lunch préparé par le chef. Un semblant de hamburger coincé entre deux tranches d'un pain mou, humecté d'une sorte de moutarde, une tomate coupée en deux, deux œufs presque durs, une ou deux feuilles de salade, vraisemblablement pour la décoration une banane, le tout arrosé d'eau minérale.

Le festin commença. C'était loin d'être un solide casse-croûte mais ils avaient faim et, de toute manière, compte tenu des précédents repas, ils ne pouvaient s'attendre à mieux.

Il faisait chaud en plein soleil, mais le lieu choisi par Joseph présentait suffisamment de sécurité car ils auraient pu voir un animal venir à une trentaine de mètres. Les mouches tsé-tsé n'arrêtaient pas de se poser sur eux et il fallait les chasser en permanence car leurs piqûres, sans être douloureuses, étaient néanmoins gênantes. Joseph était dans la jeep et tout en mangeant, surveillait les alentours.

- Ça n'est réellement pas formidable comme bouffe, je ne suis pas chef mais je crois pouvoir faire mieux, dit Jean-Claude.

- Ouais, c'est vrai mais j'ai tellement faim ! dit Marc.

- Vivement La Baule que l'on se tape un bon gueuleton...

Une bonne demi-heure s'écoula à manger et à se délasser les jambes. Puis ils repartirent vers l'endroit indiqué par Joseph où ils étaient supposés voir des éléphants. Non loin de la piste sur laquelle ils roulaient à présent, une marre d'eau croupissante avait accueilli deux énormes hyènes pansues. Ils s'arrêtèrent et Joseph en profita pour leur dire que ces animaux se couchaient le ventre dans l'eau après leur repas pour leur permettre de digérer plus facilement. Elles regardèrent les nouveaux arrivants, méfiantes mais sans peur ni agressivité. Ils sentirent l'odeur que dégageaient les charognards et, après un dernier balayage de la caméra s'empressèrent de reprendre leur route. Une autruche mâle leur fit une sorte de roue d'honneur, elle baissa la tête en avant et déploya ses ailes en partie en exécutant quelques pas semblables à une danse. Ils approchaient maintenant de l'endroit boisé du parc, en contrebas ils virent un vieux lion solitaire monter la garde devant la carcasse d'un buffle qu'il avait dû tuer. Des vautours perchés sur les branches voisines attendaient leur tour pour plonger du haut de leur mirador et venir faire le travail de nettoyage.

La rivière se trouvait maintenant sur leur gauche et les premiers éléphants apparurent. Ils étaient par groupe de cinq ou six, parfois plus, à se reposer à l'ombre du feuillage des arbres, dont les plus voraces en arrachaient les pousses pour les manger. La piste capricieuse zigzaguait entre les arbres, très près des animaux à quatre ou cinq mètres d'eux, et l'arrivée de la jeep auprès d'un groupe déclenchait rapidement une certaine nervosité chez les pachydermes qui se tournaient pour faire face. C'était à chaque fois la même réaction de la part des femelles qui avaient leurs petits à leurs côtés, l'animal écartait ses larges oreilles, les agitait et levait la trompe en signe de menace.

- On n'a pas intérêt à caler le moteur ici, parce qu'autrement ça va être notre fête.

- Sûrement, mais de toute façon on n'a pas besoin de s'arrêter, à l'allure où l'on roule on peut très bien voir, tu arrives quand même à filmer ?

- Ouais, mais ça saute beaucoup !

Ils virent, au total, une bonne centaine d'éléphants et, au moment où ils s'apprêtaient à les quitter, le chauffeur se trouva dans une position très délicate. Il y avait sur leur droite une éléphante, sous un arbre, son petit se trouvait sur la gauche de la piste au bord de la rivière, il fallait sans hésiter passer entre les deux pachydermes, et les séparer momentanément. Les animaux comprirent cette situation très rapidement et, se sentant menacé l'éléphanteau barrit en signe de détresse, sa mère réalisant le danger chargea la jeep. Joseph dit au chauffeur d'accélérer car le mastodonte était à une dizaine de mètres derrière eux. Voyant qu'elle avait mis l'intrus en fuite elle abandonna la poursuite et appela son petit qui la rejoignit en courant.

- Je crois qu'on a eu chaud, dit Jean-Claude.

- Oui, la mère n'était pas contente d'être séparée de son petit, dit Joseph, c'est toujours dangereux dans ces cas-là.

- Au moins aujourd'hui on a vu quelque chose ! dit Marc.

- Sublime, j'ai hâte de voir ce que ça va donner en film. Je pense avoir pris une partie de la charge.

Ils retraversèrent la rivière et dans le soir tombant regagnèrent le camp. Joseph déposa les deux Français devant leur "banda" les remercia du pourboire et s'en fut.

Mbessy vint les chercher vers dix-neuf heures pour les emmener au restaurant. En revenant du safari de la journée ils avaient pris une bonne douche pour se débarrasser de la poussière qui s'était collée à eux durant toute la journée dans la savane. Attablés devant un scotch, ils regardaient dans la vidéo de la caméra les différentes scènes d'animaux filmées par Jean-Claude. À part quelques ratés dus aux cahots de la route, l'ensemble était bon, et, une fois réenregistré sur une cassette de salon, cela donnerait sûrement un beau film souvenir.

- C'est bien, au moins Chantal pourra apprécier ce qu'elle a manqué, dit Marc.

- Tu crois, une fois de plus elle se moquera, elle dira qu'elle préfère être à la Baule. De toute façon j'ai réfléchi depuis la dernière fois qu'on en a parlé, je crois que je vais entamer une procédure de divorce. Il est inutile de continuer comme cela, je vais lui rendre sa liberté puisque ça lui manque tant. Mais elle va voir ce que coûte la liberté ! Il va falloir qu'elle travaille, qu'elle prenne des responsabilités.

- Tu penses que c'est l'unique solution ? Tu ne veux pas essayer de lui parler d'abord, avant de tout abandonner ? Peut-être a-t-elle réfléchi de son côté et compris que le fait de jouer les fofolles ne peut durer qu'un temps. Je pensais que tu voulais au contraire tenter une dernière manœuvre de réconciliation. Si je peux te donner mon avis, tu devrais le faire car en fait vous ne vous êtes jamais expliqués. Vous n'avez jamais eu d'explication concernant son attitude. Tu ne sais pas pourquoi elle a agi de la sorte, peut-être que le fait d'en parler calmement pourrait résoudre certains aspects du problème, plutôt que de rompre comme cela sans jamais avoir eu une mise à plat de vos problèmes. Essaye du moins de savoir Jean-Claude. Elle a tous les torts, elle te doit des éclaircissements. Peut-être pourra-t-elle justifier ses actes, il faut absolument en discuter, crois-moi. Si vous êtes d'accord pour repartir de zéro, alors ton idée première d'avoir un enfant ou d'en adopter un me semble excellente. Réfléchis quand même avant de tout abandonner.

- Tiens voilà Mbessy, c'est l'heure de la soupe. Espérons que le chef s'est fendu ce soir, parce que son soi-disant lunch de midi est vachement loin. Si j'avais su, on aurait apporté du ravitaillement, des boîtes de pâté, des sardines ou du saucisson et du vin. Enfin si un jour on revient on saura à quoi s'en tenir.

- Oui, en tout cas on peut toujours le dire à ceux que l'aventure tentera, dit Marc.

Ils fermèrent le bungalow et prirent place dans le 4x4. Élisabeth était là, en grande discussion avec des Anglais, elle leur fit un signe de la main. Ils s'assirent au bar et le serveur leur apporta une "kili" et un scotch. Ils grignotaient des cacahuètes lorsque la gérante vint s'asseoir à leur table.

- Alors contents de votre journée? Oui, parfait. Nos guides sont très bons, ils connaissent tous les endroits par cœur. Joseph est un des meilleurs.

- Sûrement il est très bon, mais pas son chauffeur!

Et Jean-Claude en profita pour lui dire la façon dont il conduisait la voiture, mettant par son incompétence la vie de ses passagers en danger.

- Vous faites très bien de me le dire, je vais voir la question avec Joseph. Vous savez, c'est toujours la même chose avec eux. Ils présentent un permis de conduire et nous sommes un peu forcés de l'accepter, pensant que ledit permis a été correctement délivré. Mais la corruption, la pression tribale et toutes sortes d'autres choses font que l'on n'est jamais sûr, et voilà le résultat! Nous sommes obligés de faire confiance, surtout lorsque le "spotter" nous dit que son chauffeur est bon. Je suis navrée.

« Donc vous partez demain vers sept heures trente? N'oubliez pas de prendre le lunch que le chef vous aura préparé, la route est longue, mais je suis sûre que vous mangerez mieux demain soir chez votre cousine française.

« Elle est charmante, nous avons passé un bon moment ensemble, je crois qu'ils ont beaucoup aimé leur séjour ici. »

- Oui d'ailleurs c'est pour cette raison que nous sommes venus. Elle nous a dit beaucoup de bien de l'endroit. C'est vrai qu'il est exceptionnel, très proche de la nature et, même si les agencements ne sont pas d'un grand confort, nous avons trouvé que c'était mieux comme cela. En tout cas nous sommes ravis et si nous en avons l'occasion nous ne manquerons pas de vous faire la publicité que vous méritez.

- Merci, c'est gentil de votre part, je vais vous laisser passer à table, bon appétit.

Hélas, la gentillesse d'Élisabeth n'avait aucun rapport avec l'incompétence culinaire de son chef et le dîner fut une nouvelle fois assez spartiate.

Rentrés au banda, ils préparèrent leurs bagages pour le lendemain et s'attablèrent devant un scotch sur la véranda pour profiter de la douceur de cette dernière nuit passée dans la brousse africaine. Demain soir ils seraient à Dar, et après, tout basculerait très vite, ils se retrouveraient à nouveau brassés dans le tumulte et les trépidations de la vie occidentale.

Au loin, toutes sortes de bruits et de cris perçaient les ténèbres, le roucoulement des tourterelles avait cessé dès la nuit tombée. Des nuages passaient lentement mais dans la clarté céleste on pouvait apercevoir tout là-haut la Croix du Sud et une myriade d'étoiles uniquement visibles sous ces latitudes.

- Tu vois Marc, tout ce qui se dégage de ce début de nuit africaine m'inspire réflexion. Les chasseurs sont là maintenant, à l'affût, et nombreuses seront les victimes cette nuit. C'est la loi de la brousse, le plus fort gagnera et devra tuer pour assurer sa survie. Mis à part les éléphants, tous les animaux, ou presque, sont victimes les uns des autres. Les herbivores, comme les gnous, les zèbres, les différentes races d'antilopes ne sont pas agressifs, ils se contentent de brouter et ne commettent pas de dégâts à leur environnement, en revanche les carnassiers sont de loin les plus dangereux, il leur faut tuer pour vivre et chaque mort est un drame dans un troupeau tant elle est violente et impitoyable, rien ne changera jamais cette implacable logique. En réalité tout animal mort passe immédiatement dans la chaîne alimentaire et assure la survie d'autres animaux et de centaines d'insectes, ainsi est faite la nature.

« Il en est de même sous d'autres cieux, dans d'autres climats plus rigoureux où les loups s'attaquent aux troupeaux de rennes, où les ours grizzli par exemple attendent la remontée des saumons vers leurs lieux de ponte pour les massacrer et les dévorer goulûment, par milliers, ou encore au plus profond des océans où les poissons se livrent aux mêmes carnages, mais toutefois uniquement dans le seul but d'assurer leur survivance. Quant à l'homme dans tout cela, il est bien mal placé pour faire la morale à la junte animale, surtout ceux qui tuent les animaux pour l'unique plaisir de s'enorgueillir de leur adresse. Qu'en penses-tu Marc ? »

- Tu as tout à fait raison, c'est la nature qui l'exige, c'est violent mais normal. Je crois qu'il faut prendre tout cela avec une certaine philosophie. Les antilopes, les zèbres et les autres animaux savent qu'ils doivent être extrêmement vigilants et rapides pour échapper à leurs prédateurs, quant à ces derniers, ils doivent faire preuve de ruse, d'intelligence et de force s'ils veulent vivre, c'est infernal, mais c'est comme ça, c'est la fatalité. Nos animaux domestiques ne connaissent pas leur bonheur à côté de leurs cousins dits sauvages.

- Tu sais ce que la légende africaine dit au sujet du baobab ? Que Dieu l'a planté à l'envers pour le punir. C'est une métaphore qui n'a aucune signification lorsque l'arbre est fleuri ou qu'il a toutes ses feuilles, mais cela devient presque une réalité lorsqu'il est dépouillé de tout feuillage, il donne effectivement l'impression que les branches sont devenues racines. Mais, cet arbre qui est le plus gros de la savane et de l'Afrique tropicale est, à mes yeux, mythique au même titre que l'éléphant, et il existe une certaine corrélation entre l'animal et le végétal, ils partagent le même climat, ils ont la même rondeur, la même couleur et surtout dégagent la même puissance et, étrangement l'un peut sauver l'autre.

Ce qui émane de tout ce que j'ai vu ces trois derniers jours, c'est la beauté de la nature, sa force, son éternel recyclage et la magnificence des animaux qui habitent cet endroit de la planète, c'est grandiose. Je ne te cache pas que j'aimerais revenir ici et pour plus longtemps.

- Peut-être avec Chantal, cette fois, lorsqu'elle aura vu ton film, elle sera convaincue qu'il n'y a pas que La Baule sur terre et que les zèbres rencontrés dans la savane valent bien ceux rencontrés dans les discothèques du littoral !

- Encore un petit scotch ?

- Non, non merci, on picole comme des dingues ce soir, regarde la bouteille est presque morte.

- Moi j'en reprends un autre.

- Tu vas finir par attraper une cirrhose du foie si tu continues comme ça.

- Ça ou autre chose, au moins on saura de quoi je suis mort, et ça fera un bagage de moins à emporter demain. Je suis tellement content de ma journée. Tu as raison, il faudrait que Chantal se décide à vivre une vie de femme mariée, mais je crains qu'il ne soit trop tard. Tu ne connais pas tout d'elle. Tu sais, lorsqu'elle ne peut obtenir quelque chose c'est immédiatement le chantage, et malheureusement ses parents ont toujours cédé, surtout sa mère. Irène était meilleure élève au lycée, plus sérieuse, alors Chantal pour combler le vide avait toujours recours à des artifices, elle m'a raconté tout cela, et figure-toi que ça marchait à chaque fois. Avec moi c'est pareil, elle utilise les mêmes méthodes. Je l'ai compris dès le début et comme un con j'ai cédé à ses caprices. Au fil des années la situation est devenue irréversible si bien que lorsqu'on lui fait une réflexion ou un reproche elle se sent prisonnière de son propre jeu et devient agressive. En fait, tu vois, je crois qu'elle est mal dans sa peau, elle joue un personnage qu'elle n'est pas, elle n'a pas mangé de vache enragée et ça lui manque ! Elle n'a jamais travaillé, c'est vrai, c'est de ma faute. De ce fait elle n'a jamais connu l'obéissance, la concurrence, le respect d'autrui, ne serait-ce que celui d'un patron. Aujourd'hui tout lui est dû, en un mot elle est pourrie. Pour bien faire, il faudrait qu'elle bosse, qu'elle ait des horaires, des responsabilités, qu'elle se fasse engueuler de temps à autre, qu'elle sache qu'elle n'est pas la reine de tout et de n'importe quoi.

- Laisse-la avoir sa boutique de mode, ça la calmera, lorsqu'elle verra le chiffre d'affaires baisser par exemple, elle aura peut-être un sens plus aigu de l'humilité. Il est trop tard pour qu'elle travaille dans un bureau, alors si vous en avez les moyens, vas-y, installe-la à son compte, pourquoi pas ? C'est peut-être là, la clé. Tu sauras à tout moment où elle se trouve, elle ne pourra pas s'absenter pour aller à droite ou à gauche comme elle le fait maintenant, en plus elle ne fréquentera que des femmes, ses clientes.

- Bonne idée, la mode c'est son rêve, il me faudra voir cela en rentrant.

- Bon, on va se coucher maintenant ? demain on roule toute la journée.

- Vas-y, je finis mon verre. Il faut que je réfléchisse, moi quatre heures de sommeil ça me suffit.

Jean-Claude était seul sur la véranda. L'air était généreusement tiède, la lune se montrait furtivement de temps en temps entre deux nuages. Bien qu'il fît nuit, les bruits familiers de la savane lui parvenaient avec mélodie. Loin, très loin, il lui sembla entendre un rugissement, vraisemblablement un lion appelant un de ses congénères. Il perçut des cris qu'il ne put identifier, et le ricanement typique de la hyène. Puis un éléphant passa lourdement à une trentaine de mètres du "banda", suivit par une demi-douzaine de membres de la famille, ils étaient là, tout proches, à boire. Les yeux mi-clos, Jean-Claude délectait ses moments, il se leva doucement de sa chaise pour mieux les voir. Il s'aperçut que la quantité de scotch absorbée depuis le retour du restaurant commençait à faire son effet, il s'appuya au pilier de l'auvent et scruta l'obscurité. Il ne distinguait pas très bien les animaux qui, maintenant, quittaient la berge pour remonter plus haut dans le camp, il leva la bouteille de scotch à hauteur de ses yeux et estima qu'il pouvait la terminer, il se rassit et se versa une dernière rasade. "Je crois que je vais dormir comme une souche cette nuit." Il se laissa glisser légèrement sur son siège et ferma les yeux.

Chantal était là, à côté de lui. Elle venait lui demander pardon, lui proposait de recommencer de zéro, elle lui promettait fidélité, et le suivrait partout où il irait maintenant dans le monde. Elle passerait des tests pour vérifier sa fécondité, si celle-ci s'avérait négative elle était d'accord, ils adopteraient un enfant, dont Marc serait le parrain. Jean-Claude était le plus heureux des hommes, tout était rentré dans l'ordre. Il avait juré de moins boire et il respecterait sa parole. Il avait eu la promotion qu'il attendait. Une vie nouvelle s'ouvrait toute grande devant eux, le passé était à tout jamais oublié et pardonné.

Soudain Jean-Claude se réveilla, il regarda machinalement autour de lui. Il avait dû s'assoupir, il devait aller se coucher maintenant, il souleva son verre, il y restait encore la moitié du contenu, il le but lentement et, à cet instant il perçut un léger bruit sur sa droite, non loin, en bas des marches. Il regarda dans la direction d'où venait le froissement, il ne vit goutte, mais décida de vérifier s'il n'y avait rien. Il se leva, hésitant et, à tâtons, arriva au bord de la terrasse. De nouveau un bruit se fit entendre au bas des marches, dans les buissons.

- Allez, couché ! fit Jean-Claude à voix basse.

Un ricanement fit écho à ses paroles. Sans trop savoir pourquoi, Jean-Claude s'empara de la bouteille de J & B par le goulot et entreprit de descendre les marches du banda. Arrivé en bas, il frappa le sol du pied, à nouveau le ricanement lui répondit. Jean-Claude avança sur la piste poussiéreuse la bouteille de scotch levée à mi-hauteur de bras. Il parcourut une dizaine de mètres et entendit l'animal reculer à mesure qu'il avançait vers lui.

"Ça doit sûrement être des hyènes, mais apparemment elles ont peur de moi, tu vois Chantal que je ne suis pas un dégonflé !"

Tout à coup, alors que la lune éclairait furtivement la piste, il distingua les yeux de l'animal qui luisaient dans l'obscurité. Il voulut lui faire peur mais son pied se prit dans une racine et le déséquilibra, il tomba sur la bouteille de scotch qui, en se brisant sur un caillou, le blessa profondément au bras droit. Il sentit la douleur de la coupure et, de son bras valide, tenta de localiser la blessure. Il sentit un liquide chaud et gluant lui couler entre les doigts, il s'énerva, essaya de se remettre debout, mais la panique s'empara de lui, il retomba à genou.

Tapies derrière les taillis, les hyènes voyaient Jean-Claude tel un animal blessé, l'odeur du sang les excitait, elles étaient maintenant quatre autour de lui, soudain la femelle dominante se jeta sur lui le saisissant à la gorge, au moment où il appelait Marc.

Jean-Claude ressentit une douleur fulgurante à la hauteur du cou, il émit un cri aigu, horrible qui déchira la torpeur de la nuit et, les vertèbres cervicales broyées par la puissante mâchoire du charognard, il sombra immédiatement dans l'inconscience totale. Les animaux commencèrent alors leur curée, un mâle arracha une partie du bras blessé et partit avec quelques mètres plus loin, pendant que les autres attaquaient voracement le corps inerte.

Marc entendit le cri effrayant poussé par son ami, il regarda sur sa droite, le lit de Jean-Claude était vide. Il pressentit immédiatement le pire et se leva d'un bond, enfila son pantalon, et se précipita sur la véranda.

De suite il comprit ce qui se passait à quelques mètres de lui. Il alluma la lampe torche et en dirigea le faisceau vers l'endroit d'où venait le bruit, il vit deux hyènes s'acharner sur ce qu'il supposa être le corps de Jean-Claude, de suite il reconnut sa chemise blanche. Instinctivement il sortit le sifflet qu'il gardait dans sa poche et souffla dedans le plus fort possible pour donner l'alerte. Les animaux désagréablement surpris par le sifflement strident prirent peur et s'éloignèrent du corps, Marc dévala les marches en continuant de siffler et cria le plus fort qu'il put "Help ! Help !"

Une lumière s'alluma dans un banda à une quarantaine de mètres de là.

Au quartier des rangers, l'homme de service qui sommeillait sur une chaise se réveilla en sursaut lorsqu'il entendit le sifflet. Il prêta l'oreille et entendit dans le lointain l'appel au secours ; il n'hésita pas une seconde, il réveilla deux collègues de permanence avec lui qui dormaient tout habillés, et, en quelques secondes, ils se précipitèrent dehors vers leur véhicule. Le conducteur roula dans la direction des bandas, il voyait là, du côté de la rivière le faisceau d'une lampe électrique osciller de droite à gauche dans le but d'indiquer sa position.

Au moment où la jeep arrivait vers Marc, un ranger aperçut une hyène qui s'enfuyait avec quelque chose de blanc dans sa gueule. Ils sautèrent de la voiture, laissant les phares éclairer l'horrible scène ; un des rangers prit son fusil et une lampe électrique, il en braqua la lumière dans la direction où il avait vu l'animal fugitif, il était là qui le regardait ; il n'hésita pas longtemps, il épaula et fit feu. La hyène touchée de plein fouet s'écroula, lâchant ce qu'elle avait dans la gueule.

Jean-Claude gisait dans une mare de sang, la gorge déchiquetée, une partie de son bras droit manquait, et la cuisse gauche présentait une profonde blessure sanguinolente.

Aidés de Marc, les rangers amenèrent la dépouille sur la terrasse et la couvrirent d'un drap pris sur son lit. L'un d'eux resta aux côtés de Marc alors que les deux autres repartaient en trombe prévenir les gérants anglais.

C'est alors que, seul, à côté de son ami mort, Marc commença à réaliser la catastrophe qui venait de se produire. Jean-Claude n'était plus là, il était mort. Que s'était-il passé ? Il eut une nausée, et se retourna pour vomir dans les buissons, au-dessous de lui. Il se sentait perdu, désespéré, comment allait-il annoncer la nouvelle ? Répondre à toutes les questions qu'on allait lui poser ? Il se sentait coupable de la mort de son ami d'enfance, pourquoi l'avait-il laissé seul à boire sur la véranda ? Pourquoi Jean-Claude était-il descendu, était-il conscient du danger ou pire avait-il délibérément voulu courir au suicide ? Personne ne le saurait jamais ! Sans trop s'en apercevoir, il pleurait doucement, comme un enfant que l'on vient de gronder.

Les gérants arrivèrent. Élisabeth et John étaient visiblement bouleversés, elle prit Marc dans ses bras et lui dit :

- I'm so sorry Marc, do you know what happened ? *(je suis navrée Marc, que s'est-il passé ?)*

Marc haussa les épaules, d'une voix cassée par le chagrin, entrecoupée de sanglots, il dit qu'il ne savait pas, que Jean-Claude était resté seul à boire sur la terrasse alors que lui était parti se coucher, et que plus tard il avait été réveillé par l'horrible cri qu'avait poussé son ami.

Le jour se levait à présent, permettant ainsi de mieux voir la scène de ce terrible drame. La bouteille de whisky brisée se trouvait à côté d'une mare de sang, des lambeaux de chemise et de pantalon étaient éparpillés sur le sol. À une dizaine de mètres gisait le cadavre de la hyène que le ranger avait abattue. Ils récupérèrent ce qui restait du bras de Jean-Claude et le corps fut emmené à l'infirmerie du camp des rangers.

Il fallait prévenir la police tanzanienne de l'accident afin qu'elle fasse une enquête et autorise le transfert du corps sur Dar Es Salaam.

Élisabeth demanda à Marc s'il souhaitait lui-même prévenir sa cousine ou si elle devait le faire pour lui.

Il répondit qu'il s'en chargerait car en plus il fallait que Monique appelle la femme de Jean-Claude pour lui dire ce qui s'était passé.

La police arriva une heure plus tard. Ils se rendirent sur les lieux de l'accident et ne comprirent jamais pourquoi "le Blanc" s'était aventuré dans la nuit hors de son banda.

Ils délivrèrent les documents nécessaires au transport du corps.

Marc appela Monique vers sept heures du matin.

- Allô Monique? Excuse-moi de te déranger à cette heure-là. Monique ce que j'ai à te dire est horrible, excuse-moi, Jean-Claude est mort, il a été tué cette nuit par des hyènes, à une dizaine de mètres du banda. Marc lui raconta comment les choses s'étaient produites.

- Mon dieu Marc, c'est terrible!

Et, après être revenue en détail sur l'accident et avoir tenté de réconforter son cousin, elle continua :

- Il faut que je prévienne l'Ambassade, Marc, car c'est le Consulat qui doit faire le nécessaire pour le rapatriement du corps de Jean-Claude. Il faut également qu'il prévienne la gendarmerie pour que celle-ci annonce la mort de son mari à Chantal. Vous aviez une assurance rapatriement, je suppose? Oui, bon, dans ce cas donne-m'en les coordonnées, je vais demander au consul de se rapprocher de la compagnie pour qu'elle prenne en charge le rapatriement par avion du corps de Jean-Claude à partir de Msembé, ce sera préférable à la route. D'ailleurs tu devras toi-même revenir avec lui, Mbessy rentrera par la route. Je m'occupe de tout ça Marc et je te rappelle, reste où tu es. Marc sois fort, ne flanche pas, ce n'est pas de ta faute.

Elle venait juste de quitter le consul lorsque le téléphone sonna à nouveau.

- Madame Monique Newport ? Bonjour je m'appelle Irène, je suis la belle-sœur de Jean-Claude Renard, vous êtes bien la cousine de Marc Lapierre n'est-ce pas ? Savez-vous où se trouvent votre cousin et son ami Jean-Claude en ce moment ? Parce qu'il faut prévenir Jean-Claude de rentrer de toute urgence à Saint-Nazaire, sa femme Chantal a eu un très grave accident de la route et est actuellement dans un coma profond au CHU de Nantes.

- Allô ? Vous m'entendez ? Allô, Madame Newport…

- Oui je vous entends Irène, c'est affreux, ce que j'ai à vous dire. Jean-Claude a été victime lui aussi d'un très grave accident cette nuit dans le Ruaha, il est mort et son corps sera rapatrié en France par le prochain vol.

***